KEITAI
SHOUSETSU
BUNKO
野いちご SINCE 2009

結婚がイヤで家出したら、モテ男子と同居することになりました。

夏木エル

JN032021

○ STARTS
スターツ出版株式会社

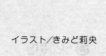

イラスト/きみど莉央

いきなりお見合いしろ？
卒業したらその相手と結婚？
そんなの、するわけないでしょおおおっ!?
突然おじいちゃんに見合いを言い渡され
怒って家を飛び出したら
「とりあえず、うち来る？」
なぜか同じクラスのミステリアスな男の子に拾われ
彼と一緒に暮らすことになりました。
「懐(なつ)かない猫拾ったみたい」
「怖くないからこっちおいで」
「猫の仕事はご主人様を癒(い)やすことでしょ」
学校では塩対応で有名な彼に
家では猫かわいがりされてます！

結婚がイヤで家出したら、モテ男子と同居することになりました。

登場人物

花岡仁葵(はなおかにあ)

花岡グループの会長の孫で世間知らずのお嬢様。誰もが納得する美少女だけど、ボディーガードの剣馬が常に近くで見張っているため、恋愛経験は初恋止まり。ところが家出を機に、クラスメイトの狼と同棲することになり……。

飛鳥井狼(あすかいろう)

容姿、頭脳、運動神経、家柄すべてがパーフェクトで、周囲から「完璧王子」と呼ばれている。生活に支障をきたすほどモテるのが悩み。周囲の女子には塩対応だけど、仁葵だけには優しく、甘えん坊の顔も見せる。

三船剣馬
（みふねけんま）

一本気な性格でやや口うるさい面
もあるが、それも仁葵を思うから
こそ。狼の登場により、ずっと抑
えていた気持ちが揺さぶられる。

藤島美鳥
（ふじしまみどり）

狼の幼なじみで、婚約者を名乗る美
少女。狼のことを一番に考え、むや
みやたらに近づく女たちを撃退。仁
葵のことも敵視するが……!?

本間寧々子
（ほんまねねこ）

社長令嬢で仁葵の親友。お嬢様
らしい優しくおっとりした性格
だが、ときどきブラックな一面
が漏れ出ることもあり、仁葵を
驚かせる。

contents

☆

【同居の心得その1】

勢いのまま始めるべし

「じゃあ行こうか」

　スーツ姿の男性に手を差し出され、迷いながらもその手を取ろうとした。

　でも触れる直前、誰かに突然手首をつかまれ止められてしまう。

「何やってんの」

　顔を上げると、スーツの男の人よりも高い位置に知っている顔があって驚いた。

「え……飛鳥井くん？」

　同じ鳳学園に通うクラスメイトの男の子、飛鳥井狼くんだった。

　全体的に色素が薄く、海外の血縁を感じさせる整った容姿の彼は、学園内外にファンがいる人気者らしい。

　らしいというのは、同じクラスだけど私はあまり関わったことがないから。

　女の子たちの噂でしか、彼を知らないのだ。

　表情の変化に乏しい彼を、なんとなく近寄りがたく感じて避けていた。

　それに私には、男の子と少し話しただけで口うるさく言ってくる、小舅みたいな幼なじみがいるし……。

　飛鳥井くんは、スーツの男の人を見て「知り合い？」と私に聞いてきた。

「えっと……父の、仕事関係の人？」

　駅前でひとりうずくまっていた私に、男の人がどうしたのって声をかけてきたのだ。

　私は覚えてなかったけど、お父さんの知り合いらしい。

「僕は彼女のお父さんと仕事で、ご一緒したことがあ──」

「おじさんには聞いてないよ」

「お、おじさん……」

　男の人の話を遮り、飛鳥井くんが私を守るように立ちはだかった。

　広い背中を見つめながら、頭の中が疑問符でいっぱいになる。

　飛鳥井くんがどうしてここに？

　この状況はなに？

「ねぇ。この人、本当に知り合い？」

「え？　ええと、たぶん？　私は失礼なことに覚えてないんだけど……」

「それ、覚えてないんじゃなくて、まったく知らないとかじゃないの？」

　んん？　どういうこと？

　私が忘れてしまったわけじゃなく、元々知り合いじゃない？

　でも、男の人は私のことを知っている風だったのに。

　わけがわからずにいると、飛鳥井くんが男の人に一歩詰め寄った。

「おじさん、本当に彼女の父親の仕事関係者？」

「そ、そうだよ。さっきからそう言って……」

「じゃあ、彼女の父親の名前は？」

「えっ」

　あれ、と思った。

　男の人の顔色が変わるのがわかったから。

「彼女の父親は何の仕事をしてる？　おじさんはどんな仕事で一緒になった？」

「いや、それはだから、普通の……」

「普通の、何？　言ってみてよ」

　だんだんとおじさんを追い詰めるように追っていく飛鳥井くん。

　私はそんな彼のシャツの袖^{そで}を控えめに引っ張った。

「あの……飛鳥井くん」

「何？」

「えっと、周りが……」

　気付けば周囲に人だかりができていて、何事かと私たちを見物していた。

　ただでさえ飛鳥井くんの容姿は目立つのに、言い合いみたいなことをしていたせいだろう。

「まずいな……」

「え？」

「補導とかされたくないでしょ。走るよ、花岡さん」

「えっ！　わぁ!?」

　私の手をつかんだ飛鳥井くんが急に駆けだすから、慌ててついていく。

　振り返ると、おじさんがそそくさと身を隠すように去っていくのが見えた。

「花岡^{はなおか}さん」

「あっ。は、はい！」

「何やってるの」

「え？　ええと……」

　何やってるの、か。

　本当に私ったら、何をやってるんだろう。

　飛鳥井くんにじっと見下ろされても、戸惑うことしかできない。

　どうしてこんな状況になったのか、私は数時間前のことを思い返した。

＊

　夕食の席。

　料理の並んだテーブルを叩き、私は勢いよく立ち上がった。

「いきなりお見合いなんて、どういうこと!?」

「はしたないぞ、仁葵。座りなさい」

「いいからおじいちゃん、説明してよ！」

　広いテーブルの向こうで眉間のシワを深くしたおじいちゃんを睨む。

　そんな私に、おじいちゃんはナイフとフォークを下ろし、ため息をついた。

　濃鼠の和服姿のおじいちゃんから放たれる威圧感みたいなものが、ぐっと増したように感じる。

「説明しただろう。旧友と久しぶりに再会してな。そこで

互いの孫が同い年だとわかった。おまけに異性ときたら、見合いさせんわけがないだろう」

「させんわけがないだろうって……。そこで見合いになるほうがおかしいでしょ」

　頭が痛くなってきた。

　私まだ高校生なのに。

　それに、いままで見合いをしろなんて言ったことなかったくせに。

　おじいちゃんが突拍子もないことや横暴なことを言い始めるのは珍しいことじゃない。

　突然習い事を辞めろとか、かと思えばフランス語を習得しろとか、海外視察について来いとか。

　前触れなく命令されるのはもう慣れた。

　けど、いくらなんでもお見合いはないと思う。

　さすがにそれは干渉しすぎでしょう？

　同じテーブルにつくお母さんも、私とおじいちゃんを見てオロオロしている。

　今回はお母さんも聞かされていなかったみたいだ。

　でも基本的にお母さんはおじいちゃんの言うことには逆らわない。

　言ってもムダだと、実の娘であるお母さんはよくわかっているからだろう。

　つまりここに、私の味方はいないのだ。

「今月末に料亭で見合いだ。いや、見合いと言っても、婚約のための顔合わせだな」

「……は？」

　いま、聞き捨てならないことを言わなかった？

　婚約って、どういうこと？

「見合いのあとは婚約。そして高校を卒業したら結婚しなさい」

「はあああ!?」

　結婚!?　卒業と同時に結婚!?

　いままでそんな話、一度だってしたことなかったよね？

　だから私は、高校を卒業したら看護科のある大学に進んで、将来は看護師になると決めていたのに。

　おじいちゃんにはバカにされるだろうから話したことはなかったけど、小さい頃からの夢だったんだ。

　私が昔ケガをしたときに親切にしてくれた看護師さんに、憧れて。

　私も患者さんに元気を与えられるような看護師になるんだって、そう決めていた。

　それなのに、おじいちゃんの友だちの孫だとかいう知らない相手と、高校を卒業したら結婚しろだなんて……。

　そんなの、はいわかりました、なんて言えるはずないでしょ！

「絶っっっ対に、イヤ！　断って！」

「断る理由がないな。相手の家柄も申し分ない。旧友もできた男だったが、その孫も大層優秀らしい。正直、賢いとは言えないうえに視野も狭く、世間知らずで落ち着きのないお前にはもったいない相手だぞ」

　可愛い孫に対して、ずいぶんぼろくそに言ってくれる
じゃない……。

　確かに頭の出来が特別良いわけじゃない。

　でも私なりにがんばっているし、おじいちゃんが言うほ
ど世間知らずでもないつもりだ。

　おじいちゃんの中で、私はまだひとりじゃ何もできない
小さな子どもなのかもしれない。

　服も、遊びも、食事の順番も、何も決められない子ども。

　そんなことはないのに。

　進路や将来のことも、恋人や結婚相手だって、私は自分
で選べるし、決められるのに。

「相手がどうこうじゃないの」

「じゃあ何が問題だ？」

「私はお見合いも婚約も、卒業後の結婚も全部したくないっ
てこと。どうしてわかってくれないの？」

　素直に言うことを聞けるわけがない。

　でも私が食らいついても、おじいちゃんは理解しがたい
といった顔で頭を振る。

「相手に問題がないのなら、そのまま進めて構わんだろう」

「おじいちゃん！」

「仁葵。これは決定事項だ。わしの決めたことに間違いは
ない。お前は何の心配もせず従っとればいい」

　話は終わりだ、と食事を再開するおじいちゃんを、信じ
られない気持ちで見つめる。

　怒りでテーブルについた手が震えた。

頑固じじいだといままでもこっそり思ってはいたけど、こんなにも話が通じない人だったかな。

おじいちゃんにとって私は小さい孫のままだから、決定権も与えてもらえないのか。

私はもう高校生なのに、この家では人権もないのと一緒なんだ。

悲しくて、悔しくて、涙が出そう。

「私は絶対にお見合いなんてしないから！」

叫ぶように宣言して、ダイニングを飛び出した。

料理にはほとんど手をつけていなかったけど、あれ以上おじいちゃんと同じ空間になんていられない。

自分の部屋に入ってもむしゃくしゃした気持ちは収まらなくて、ソファーのクッションを壁に向かって投げつけた。

「いまどきお見合いって！　家柄って！」

令和の時代に、昭和の価値観を持ちこまれても困る。

たしかにうちは由緒のある家で、おじいちゃんは緑杜銀行融資系列、花岡グループの会長。

その一人娘のお母さんは系列会社の役員で、私はその孫という立場だ。

うちが他所より少し裕福なのは知っているけど、だからといっておじいちゃんや会社の駒のように扱われるなんて耐えられない。

私の人生は、私だけのものだ。

「でもおじいちゃんは、やると言ったら絶対にやるんだよね……」

　その決断力と実行力で、花岡グループを成長させてきた人だ。

　まともに戦って勝てる相手じゃないことは、孫の私がよくわかっている。

　いままでだって、習い事や行動範囲、門限なんかも全部おじいちゃんの決めた通りにさせられてきた。

　イヤだと言っても、泣きわめいてもムダだった。

　このままいったら、本当に婚約、結婚、そして出産時期まで決められちゃう……？

　自分の未来を想像しただけで体が震えた。

　ムリ。絶対にムリ。

「これはもう、家出するしかない」

　そうと決めたら、善は急げだ。

　クローゼットから大きめのボストンバッグを引っ張り出す。

　制服と学校の道具、それから着替えとスマホ充電器を詰めこんで、私はこっそりと家を抜け出した。

　家政婦や運転手に見つからないよう、家の裏手の庭木から、塀を越えてアスファルトへと飛び降りる。

　自慢じゃないけど、頭の出来がいまいちだった分、運動神経はそこそこいいのだ。

　脱走したのがバレないうちに、とにかく遠くに行っておこう。

　ボストンバッグを肩にかけ直し、駅を目指して静かな夜の住宅街を駆け抜けた。

　そのときは、なんだか自分がとても自由になれた気がしていたけど――。

　電車を乗り継ぎ、人の多い繁華街に来たところで、早くも途方にくれることになった。

　待ち合わせによく使われる広場で、ひとり立ち尽くす。

「寧々子ちゃんが週末は家族でお出かけって言ってたの、忘れてた……」

　逗子にあるセカンドハウスに行く話を学校で聞いていたのに。

　鳳学園の初等部からのお友だちである本間寧々子ちゃんは、由緒ある温泉旅館から始まった観光・リゾート事業グループの、本間ホールディングスの令嬢だ。

　おっとりしているけど、いつも親身になってくれる大好きな親友。

　でも今回は急すぎて、さすがに頼れそうになかった。

　他のお友だちもみんな週末は予定があると話していたから、連絡はとりにくい。

「私もお母さんとショッピングしたり、エステ行ったりする予定だったんだけどな……」

　しんみりしかけたけど、いまはそれどころじゃないと頭を振る。

　とにかく今晩泊まる場所を探さないと。

　寧々子ちゃんにお願いすれば、系列ホテルの部屋をとってもらうことくらい、すぐに叶うと思う。

　でも家族水入らずで過ごしているときに、余計な心配は

かけたくない。

　かと言って、見るからに未成年の私がひとりでホテルを
とろうとしても断られそうだし。

　うちの会社の系列じゃすぐに居場所が家族にバレるだろ
うし、どうしよう……。

「君、さっきから深刻そうな顔してるけど、どうしたの？」

　不意に声をかけられて、顔を上げると知らない男の人が
いた。

　スーツを着て、眼鏡をかけていて、清潔そうな印象の男
性が目の前に立っている。

　どこかで会ったことあったかな？

　首をかしげながら考えたけど、記憶の中から同じ顔を見
つけることはできなかった。

「どちらさまでしょうか？」

　私の問いかけに、男の人は一瞬驚いたような顔をしたけ
ど、すぐにニコッと優しそうに笑った。

「忘れられちゃったか。ほら、お父さんの仕事で……」

「父のお知り合いでしたか。ごめんなさい、私ったら覚え
てなくて」

　ほっとして、私も笑顔を返す。

「いいんだ。それより、こんな時間に、こんなところでひ
とりでどうしたんだい？」

「それは……」

　言い淀む私の足元を、男の人がちらりと見る。

　まずいと思ったけどもう遅い。

　男の人は「もしかして、家出？」と心配そうに聞いてきた。

　そうだよね。

　こんな時間に大きなボストンバッグを持って外をうろついていたら、誰でも気づくよね。

「あの！　大変お恥ずかしい話ですが、父には知らせないでいただけませんか」

　お父さんからおじいちゃんに連絡が行ったら困る。

　絶対にすぐに家に連れ戻されてしまう。

「それはもちろん」

「え？」

「あ、いや。けど、家出はまずいよ。こんなところに君みたいな子がひとりでいたら、危ない輩に何をされるかわかったもんじゃない」

　少し怒ったように言われ、うつむいてしまう。

　その通りなんだけど、わかっているけど、私は帰るわけにはいかないんだ。

「でも私、行くところがなくて……」

　正直に言った私の肩を、男の人の手が優しく包んだ。

　そのまま労わるように撫でられる。

　その瞬間、どうしてだろう。

　ゾワゾワと全身に鳥肌が立った。

「ここには置いていけないし、僕が泊まる部屋を見つけてあげるよ」

「えっ？　ほ、本当ですか？　あ、でも、父のお知り合い

の方にご面倒をかけるわけには……」

「気にしないで。僕が勝手に心配して、勝手に助けるだけ
だから」

　なんて親切な人なんだろう。

　本当に困っていたから、その優しさがとてもありがたく
て、感動した。

　それなのに、鳥肌がおさまらない。

　ただの親切な人なはずなのに、どうして？

　じゃあ行こうか、と男の人に促され……冒頭につながる。

                          ＊

　混乱してる、と正直に答えていいのかな。

　飛鳥井くんは学校で見るときと同じように、何を考えて
いるのかよくわからない顔で私を見下ろしている。

　元々あまり表情に変化のない人で、ミステリアスなとこ
ろが人気の男の子だ。

　アイドルや俳優にだって負けないくらい整った、きれい
な顔立ちをしているのもあって、まるでひんやりと冷たい
お人形みたいだと思っていた。

　そのせいか私は近寄りがたく感じていて、いままで挨拶
くらいしかしたことがなかった人。

　でも、どうしてだろう。

　いまはなんとなく、彼が苛立っているのが伝わってくる。

　その苛立っている理由は、よくわからないんだけど。

「もしかして、いま自分が危ない目に遭いかけてたこと、
わかってない?」

「え?　危ない目って、私が?」

　いったいいつ?

　全然大丈夫だったけど……。

　私のその反応に、飛鳥井くんは長いため息をつき肩を落
とした。

「花岡さん、さっきの男に騙されかけてたんだよ」

「騙されかけてた?　え?」

「あの男は花岡さんのことなんて知らないし、もちろん花
岡さんのお父さんの知り合いでもなかったってこと。知り
合いのふりして、君をホテルかどこかに連れこもうとした
んだよ」

「ええ!?　そ、そうだったの……?」

　ものすごく驚いて、男の人が走り去っていった方向を見
た。

　もう彼の姿は人混みの中に消えていたけれど、そうせず
にはいられなかった。

　あの人が私を騙してた?　本当に?

「でも、そんな悪い人には見えなかったけど……」

　飛鳥井くんの勘ちがいじゃ?

　という私の考えを読んだかのように、飛鳥井くんは「ど
う考えてもそうだよ」と言い切った。

「その証拠にあの男、花岡さんの苗字すら口にしなかった
んじゃない?」

「苗字？　……言われてみれば」

　君、とか彼女、とか私のことを言っていたけど、花岡さんとは一度も言われなかったかもしれない。

　でも、それはたまたまかもしれないし。

「父親の仕事関係者なら言えるはずでしょ。でもあの男は君のことなんてまったく知らないんだから、言えるはずないんだよ」

「そ、そっか。演技してるようには見えなかったから、わからなかった……」

「普通は怪しいって気付くものだと思うけど。花岡さんて、かなり世間知らずなんだね」

　淡々とした声で、思い切り急所を突かれた。

　家を出る前にも、おじいちゃんに「世間知らず」と言われたことを思い出して、唇を嚙む。

　悔しいけど、その通りだったのかもしれない。

　自分ではしっかりしてるほうだって思っていた。

　けど、大人たちには根拠のない自信だと思われてたのかな。

　子どもだなって、みんなあきれていたのかも。

　私が黙りこむと、飛鳥井くんはまたひとつため息をついて私のバッグを手にとった。

「家まで送るよ」

　行こう、と歩き出そうとした彼の腕を、反射的につかんで「だめ！」と叫んだ。

　自分がバカな子どもだということがわかっても、どうし

ても素直に家に帰る気にはなれなかった。

　だって、帰るということは、おじいちゃんの横暴に屈するのと同じだ。

　おじいちゃんの言う通りにお見合いをして、卒業と同時に結婚しなくちゃいけなくなる。

　それだけは絶対にイヤだった。

「私は帰らない。絶対に」

「あのね。自分がさっきどんな危険な状況だったか、まだわからないの?」

「もうわかったよ!　でも、だめなの。帰れないの……」

　おじいちゃんの言いなりになって、おじいちゃんが敷いたレールの上をただ走るだけの人生なんて、送りたくない。

　そんな人生に、何の意味があるだろう。

　私は自分の夢を叶えたい。

　自分の好きな道を歩きたいし、自分の心が求める人と恋をしたい。

　それを願うのは、贅沢なことなのかな。

「じゃあ、せめて友だちの家に泊まらせてもらったら?
本間さんとかと仲良かったよね?」

「寧々子ちゃんは、いま家族で旅行中だから……」

「他にも誰かいるでしょ」

「もちろんいるけど……」

　口うるさい幼なじみの顔が頭に浮かぶ。

　でもあいつのところは絶対にだめ。

　行ったら即家に連れ戻されるのは確実だから。

　誰より距離の近い幼なじみだけど、私の味方じゃないん
だもん。

　あ、だめだ。泣きそう。

　悔しさとか、悲しさとか、寂しさとか。

　いろんな感情がこみ上げてきて、涙になって溢れ出そう
になる。

　目にぐっと力を入れてこらえながら、下を向く。

　泣きそうになっている顔なんて、情けなくて見られたく
ない。

　しばらく飛鳥井くんの反応はなかったけど、不意に頭に
ポンと手がのせられた。

「……わかった。とりあえず、うち来る？」

　思ってもいない言葉をかけられて、勢いよく顔を上げる。

　ぽかんと飛鳥井くんの整った顔を見上げると、彼は「放っ
とけないから」と言い訳するように呟いた。

「どうするかは、移動してから話そうよ」

「え、で、でも……いいの？」

「さすがにクラスメイトを置いてはいけないし。そんなこ
としたら、見捨てるようなものだよ」

「けど、こんな時間に……」

　男の子の家に行っていいもの？

　迷う私に、飛鳥井くんは少し考えるような素振りを見せ
ると、おもむろにこう言った。

「実は、猫を飼ってるんだよね」

「ね……猫!?」

　猫、という単語に涙が引っこむのが自分でもわかった。

　猫って、あの猫だよね？

　小さくて、しなやかで、何から何まで愛らしい、あの。

「うん。クリーム色の毛の、スコティッシュフォールド」

「はわわ……！　スコティッシュフォールドって、耳がぺたんてなってる猫ちゃんだよね!?」

　絶対かわいいに決まってる！

　猫を飼ってるなんて、うらやましい！

　看護師になりたいのとは別に、私はずっと、猫を飼うのが夢だった。

　でもおじいちゃんが犬派で、猫などいても何の役にも立たない、なんて言って飼うのを許してくれなくて。

　おかげで家にいるのは小さく愛らしい猫じゃなく、たくましく凛々しいドーベルマン。

　ドーベルマンもかっこいいし、懐いてくれればかわいいんだろうけど……。

　うちのはおじいちゃんにしか懐いていなくて、私にはちょっと怖かったりする。

　ドーベルマンを手なずけるおじいちゃんを見ながら、猫を飼えたら幸せだろうなっていつも思っていたんだよね。

「私、猫大好きなの！」

「知ってる」

「え？」

　いま何て？

　聞き返すと、なぜか飛鳥井くんは誤魔化すように咳ばら

いをした。

「何でもない。……とにかく、俺の家に来ると、猫に会えるよ」

　それは私にとって、あまりにも魅力的すぎるお誘いだった。

　さっきまでの迷いは、猫に会いたいという気持ちを前に簡単に吹き飛ばされていた。

　もうこれは仕方ないと思うんだ。

　猫という誘惑に勝てる人間が、この世に存在するはずないんだから。

「ちょ、ちょっとだけ、猫ちゃんに会いに行っても……」

「うん。おいで」

「本当にちょっとだけで、すぐお暇するから……！」

「ゆっくりしてっていいよ」

　今度こそ行こう、と飛鳥井くんが空いている手で私の手を握る。

　えっ。どうして手繋ぎ……？

　驚きながらも彼の手に引かれるまま歩き出す。

　すぐに、混んでいるからはぐれないようにだと気づいたけど、ドキドキと高鳴る胸はなかなか落ち着かなかった。

　男の子と、はじめてこんな風に手を繋いじゃった。

　小さい頃はあったかもしれないけど、大きくなってからははじめてだ。

　繋いだ手は夏なのにひんやりと冷たくて、でもとても優しく感じた。

　彼氏のいたことのない私は、同級生の男の子の家に行く、なんてもちろんはじめてのことで、それはもうガチガチに緊張していた。

　それこそ赤ちゃんの頃からの付き合いがある、幼なじみ兼ボディーガードがいるけれど、あれは家族のくくりに入るからノーカウントだ。

　猫に会いたい一心でついて来てしまったけど、本当に良かったのかな。

　こんな夜に、しかも家出してきた女なんて連れ帰ったら、飛鳥井くんが家族に叱られるんじゃないだろうか。

　とりあえず私の印象は最悪だろうし、追い返されるのを覚悟（かくご）で彼について行ったんだけど——。

「家族？　いないよ。俺、ひとり暮らしだし」

「えっ」

「間違った。ひとりと一匹暮らしだ」

　そのパターンは全然予想していなかった。

　ひと安心……と思っていいのかな？

　タクシーを降りた先にあったのは、単身者向けのデザイナーズマンションだった。

　ロビーにはコンシェルジュが常駐（じょうちゅう）していて、セキュリティーは万全らしい。

　その最上階の部屋に飛鳥井くんは住んでいた。

　通されたのは1SLDKの部屋で、大きな窓の向こうは広いバルコニーがある。

　家具はグレーや白黒などモノトーンで統一されているけ

れど、あちこちにグリーンやウッド素材の家具が置かれていて、無機質の中にもぬくもりが感じられた。

うーん、おしゃれだ。

うちはおじいちゃんの趣味で、荘厳なアンティーク調の内装で揃えられているから、こういうスタイリッシュなおウチは憧れなんだよね。

私の部屋だってもっとナチュラルな感じにしたいのに、問答無用でアンティーク調になっちゃったし。

本当におじいちゃんは横暴だ。

例の猫ちゃんはソファーにいた。

柔らかいクリーム色の長毛の、スコティッシュフォールド。

ぺたんとした耳と、くるりんと見上げてくるヘーゼルの瞳が本当に愛らしい。

私は目が合った瞬間に虜になってしまった。

男の子の部屋にきた緊張も、早めにお暇しようという理性も、粉々にして吹き飛ばす威力が猫ちゃんにはあって。

そんな破壊力抜群な愛くるしさに、逆らえるはずがない。

「名前はルポ。オスだよ」

「ルポくん！　いや、ルポさま！」

「……普通にルポって呼んであげて」

飛鳥井くんの声があきれ切っているように聞こえたけど、ルポくんに夢中の私はあまり気にならない。

もう本当に可愛いんだもん。

「ルポって名前、何か意味があるの？」

「フランス語で、癒やしって意味」

　癒やし！　まさに！

　ルポくんは癒やしの権化と言っても過言じゃないと思った。

　だってすでに、私のイライラや不安な気持ちがなくなっているんだもん。

　やっぱり猫って可愛い。最高。

　ここに来てよかった。

　そう思う私は、やっぱり単純なんだろう。

「じゃあ、家出したのはお見合いがイヤだったからなんだ？」

　なぜかソファーに並んで座ると、私はこれまでの事情を飛鳥井くんに話していた。

　飛鳥井くんの膝の上で丸くなるルポに、視線を吸い寄せられながら。

　最初は、肩がくっつきそうなくらい近いとか、斜め前にもひとり掛けソファーがあるのにとか、いろいろ考えていたけれど……。

　話しているうちに、おじいちゃんへの怒りが再燃してきて他のことはどうでもよくなっていた。

「そうなの！　いきなり見合いしろ、婚約して結婚だ、ってひどいと思わない？」

「まあ、いまどき珍しいよね」

「でしょう？　おじいちゃんたら、考え方が古いんだよ」

　抱えたクッションをボスンと殴る。

　そんな私に飛鳥井くんは首をかしげた。

「でも俺たちみたいな立場だと、婚約者って存在自体はそう珍しくもないんじゃない？」

　ルポを撫でながらの飛鳥井くんの言葉に、口ごもる。

「それは……そうなんだけど」

　私たちの通う鳳学園は、名家の子息子女が通う伝統ある学校だ。

　似たような立場の生徒が多く、同じ学園に婚約者がいる、という話も少なくない。

　親友の寧々子ちゃんにも、他校だけど婚約者がいる。

　ひとつ年上で仲も良い。

　でもそれは、うんと小さい頃に結ばれた婚約で、ふたりがずっと交流していたからだ。

　私のそれとは、全然ちがう。

「飛鳥井くんにも、婚約者っている？」

「俺はいまのところまだ。でもそういう話は来てるよ」

「じゃあ、飛鳥井くんなら、家が決めた婚約者を受け入れられる？」

「さあ。それは会ってみないとわからないよね。ムリそうなら断るんじゃない？　どっちにしろ、俺は自分で決めるかな」

　マシンで淹れたコーヒーを飲み、淡々と言った飛鳥井くんがうらやましくなった。

　私だって、自分で決めたい。

　ペットも、お付き合いする相手も、自分で。

　それが当たり前に許される家に生まれたかった。

「うちの場合、お見合いしたら最後、断るなんて絶対でき
ないんだよ。おじいちゃんが決めたことは絶対で、私に拒
否権はないんだもん」

「そんなに花岡さんのおじいさんて強引なんだ」

「強引っていうか、横暴なんだよ。お母さんもお父さんも、
おじいちゃんには逆らえないから私に味方してくれない
し。最悪だよ。私の人生なのに、何ひとつ私には決めさせ
てもらえないなんて……」

　甘くないコーヒーは元々得意じゃないけど、いつも以上
に苦く感じてため息をつく。

　私の人生は苦味ばかりだ。

　飛鳥井くんはソファーに背を預けながら「ふうん」と呟
く。

「じゃあ、花岡さんはどうしたいの?」

「え?　だから、お見合いしたくなくて、それで……」

「うん。家出して、それから?　具体的にどうするつもり?」

　具体的に、どうしたいか。

　お見合いはしたくない。

　だから家出をしたけど、いつまで家に帰らずにいられる
だろう。

　寧々子ちゃんが戻ってきても、彼女に頼り続けることは
できない。

　お友だちの家を転々とし続けるのも現実的じゃない。

　だからといって、おじいちゃんを説得するなんて私に
とっては非現実的どころか、不可能なことに思えた。

「そんなの、わかんないよ……」

「よほどおじいさんが怖いんだね。それなら、とりあえず
ここに住む？」

「……え？　ここって、飛鳥井くんの部屋？」

　冗談だよね？

　というニュアンスで聞いたのに、飛鳥井くんはこくりと
うなずいた。

「おじいさんへの対策が考えつくまで、うちに居候する。
もちろん親に連絡はしてもらうけど」

「そ、そんな。飛鳥井くんに迷惑は……」

「別に花岡さんひとり増えても、そんなに変わらないよ。
うちの親は海外だし、迷惑がかかる人間は特にいない」

　確かに彼が住んでいるのは、ひとり増えても問題なさそ
うな広さのお部屋だ。

　でもひとりの生活だったのが、いきなり居候ができるな
んて、やっぱり迷惑じゃない？

　飛鳥井くんはそれでいいの？

　しかも相手がクラスメイトの女子って、充分すぎる変化
だと思うんだけど。

「食事はほぼ外食。家のことは週2で来るハウスキーパーが
やってくれる。学校行ってる間に家に入るから、貴重品は
金庫に入れてもいいし、イヤだったらハウスキーパー止め

てもいいし」

「それは全然構わないんだけど……。どうして、そんなに良くしてくれるの？」

　気になって、ストレートに聞いてしまう。

　そこまで親切にしてもらえるほど、私たちの仲は親密じゃなかった。

　むしろクラスメイトとしても疎遠というか、ほとんど関わりがなかったはずだ。

　飛鳥井くんは人気者で、見るといつも女の子たちに囲まれている。

　でもちっとも嬉しそうじゃなく、話しかけられてもほぼ無反応で……要するに愛想がない。

　だから冷たい人なのかなと思って、あまり近づかないようにしていた。

　それなのに、こんな風に助けてくれるなんて不思議でしかない。

「もちろんタダでとは言ってないよ」

「えっ。あ……そうだよね」

　いくらなんでも親切すぎるよね。

　肩透かしを食らったような、でもほっとしたような。

「うちで居候するのに、条件がひとつだけある」

　ごくりと唾を飲みこんで、飛鳥井くんの言葉を待つ。

　何でも来い。

　私にできることなら、何だってやってやる。

　おじいちゃんの考えを変えることに比べたら、何だって

簡単に思え——。

「条件は、俺の恋人になること」

「……へ？」

　恋人って……あれだよね。

　男女の、彼氏彼女っていう、特別な関係の、あれだよね？

　簡単に思えるはずだったけど、これはちょっと、予想外だ。

　飛鳥井くんはほぼ無表情のままで、冗談を言っている様子でもない。

　でも本気でこんなことを言うだろうか。

「あの……詳しく説明を聞いても？」

「そのままだよ。花岡さんは行くところがなくて困っていて、俺が助ける。だから花岡さんも困ってる俺を助けてほしい」

「飛鳥井くん、何か困ってるの？」

「うん。困ってる。わりとずっと困ってる」

　そんなに困っていることがあったのか。

　顔よし、頭よし、運動神経よし、家柄もよしの「完璧王子」なんて呼ばれることもある飛鳥井くん。

　彼がそこまで困ることって、いったい何だろう。

　好奇心を抑えきれず前のめりになる。

　そんな私を前に、飛鳥井くんは暗くうんざりとした顔でこう言った。

「モテすぎて困ってるんだ」

　その簡潔すぎる答えに、ぽかんとしてしまった。

　な、なるほど……モテすぎて。

　すごい。こんなセリフ、現実で言える人がいるとは思わなかった。

　でも同時に、ものすごく納得した。

　飛鳥井くん以外の人が言うと、冗談にしかならないだろう。

　けど彼は実際にファンクラブができるほどモテているわけで、説得力がありすぎる。

　飛鳥井くんをひと目見るために、他校の女子が校門に集まるのはもう日常茶飯事。

　しかもSNSで【#完璧王子】というハッシュタグをつけられ、彼の画像が拡散されるほどなのだ。

　それくらい騒がれているのに、本人はそれを鼻にかけたり調子に乗ったりする様子がまるでない。

　いつも興味なさそうな顔でスルーしているなとは思っていたけど……そうか、困ってたんだ。

「学校で女子に囲まれるくらいなら、放っておけばいいし我慢できたんだけど。知らない人からスマホに連絡がきたり、尾行されたり、盗撮されたり、勝手にネットに顔晒されたり……。いろいろとすごく困ってる」

　語られる内容に、思わず私は自分の体を抱きしめた。

「そ、想像以上に大変だ……！　もう警察に相談してもいいくらいじゃない？」

「うん。相談して、家の周りをうろちょろしてた人は現れなくなった」

　それはつまり、ストーカーをしていた人が警察に捕まったってことなのかな。

　男の子とはいえ、知らない人から連絡が来たりあとをつけられたりしたら怖いだろう。

　想像してゾッとしてしまう。

　私は一応ボディーガードがいて、そういう危険を感じたことが一度もなかったから。

　まあ狼くんみたいに、とびきり容姿が整っているわけじゃないっていうのもあるだろうけど。

「そっか……。そんなに困ってたなんて知らなかったよ」

　生活に支障が出るレベルで困っている彼に、心底同情した。

「海外では普通に生活できてたから、日本に帰ってきてこんなことになるなんて想像もしてなかったよ」

「ああ。飛鳥井くん、中学までは海外だったんだっけ。どこにいたの？」

「イギリスとかフランスとかいろいろ。アメリカにも一年くらいいた。親はいまも海外で、俺だけ戻ってきたんだ」

「……居候させてもらおうとしているのに、こんなこと言うのはアレだけど。日本での生活がつらいなら、またご両親と海外で暮らしたりできないの？」

　純粋な疑問だったんだけど、私の問いかけに飛鳥井くんは少し困ったような顔をした。

　ゆるゆると首を横に振り「それはできないかな」と言う。

「こっちでやらなきゃいけないことがあるんだ」

「それって、危険で窮屈な生活を我慢してでもやらなきゃ
いけないことなの?」

「うん。どうしても、やらなきゃいけない」

　そんなに重要な案件が日本にあるんだ。

　もしかしたら、お家の仕事の関係なのかな。

　飛鳥井くんの家が何の仕事をしているかは知らないけ
ど、きっととても大切なことなんだろう。

「そう……仕方ないんだね。じゃあ、私が飛鳥井くんの恋
人として振る舞うことで、ファンの女の子たちを遠ざけれ
ばいいってことか」

「うん。花岡さんなら女子も文句は言ってこないだろうし」

「え。どうして?　むしろ、何あの女!ってすごいいろい
ろ言われそうだけど」

「だって花岡さんだし。……もしかして、自覚ない?」

　自覚?　何の?

　もしかして、花岡グループのことを言ってるのかな。

　でも鳳学園の生徒はだいたい裕福な家庭の子で、皇族の
流れを汲む旧華族の令嬢や、梨園の人間国宝の曾孫など、
有名な生徒も多い。

　その中で私が注目される要素はほぼないと思うんだけ
ど。

　私自身はただの世間知らずの子どもで、横暴な祖父に対
抗する手段が家出しかないという凡庸さなんだから。

「なるほどね。そういう感じか」

「どういう感じ?」

「いや、何でも。花岡さんが恋人になってくれれば、クラスは同じだしずっと一緒にいられる。登下校も一緒なら、ないとは思うけど、万が一に君に文句を言ってくるような人がいても俺が守れる」

　仮定を強調しすぎだけど、そんなに私は文句を言われないだろうと思っているのかと不思議だった。

　飛鳥井くんこそ、自分がモテることの周囲への影響に自覚がないんじゃないのかな。

「私は大丈夫だよ。一応ボディーガードがついてるし」

「ボディーガード……。ああ、隣のクラスの？」

「あ、知ってる？　三船剣馬。まあ剣馬はボディーガードっていうより、お目付け役というか、監視役みたいなものだけどね」

　ついでに、赤ちゃんの頃からの付き合いの幼なじみでもある。

　三船家は代々花岡家に仕えている家で、剣馬のお父さんは現在おじいちゃんの秘書を務めている。

　同じ年に生まれた剣馬は、当然のように私の遊び相手となって、成長したいまは学友……というよりは口うるさい監視役だ。

　世間知らずな私が何かしでかさないか、いつだって目を光らせている。

『誘われたからってほいほい乗るな。パーティー？　新造さまの許可が下りたもの以外出る必要はない』

『看護師になりたい？　仁葵みたいな鈍くさいやつがなっ

たら、患者の命がいくつあっても足りないだろ。そんなこと言ってる暇があるなら、さっさと課題を終わらせるんだな』

『男に声をかけられたら、とりあえず、まず俺に言え。交流を許すかは、相手の身辺調査の結果を新造さまに報告してから決める』

　口の悪い過保護……というか、剣馬はただのおじいちゃんの犬だ。

　馬だけど、犬。

　三船家は花岡家の忠実な家臣だから、花岡家の当主であるおじいちゃんの命令は絶対なのだ。

　私のボディーガードとはいっても、実際は私に仕えているわけじゃない。

　そしていずれ、剣馬もお父さんの下で花岡家の仕事を手伝うようになって、私からは離れていくんだろう。

　そう考えると、寂しいような、せいせいするような、少し複雑な気持ちになる。

　ううん。いまはそんなことより、飛鳥井くんだ。

「家出はしたけど剣馬の護衛は続くと思うから、心配しなくていいよ」

「……花岡さん、三船と付き合ってるってわけじゃないんだよね？」

「えっ!?　ないない！　もしそうだったら、おじいちゃんもお見合いなんて言い出さないよ！」

　たまにこういう勘ちがいをされることがあるけど、そん

なに私たちってそういう関係に見えるのかな。

　そんな色気のある関係じゃ、全然ないのに。

　ボディーガードという任務上、登下校も一緒だし、常に剣馬が私を監視していて他の女の子に目を向けないから、そう思われちゃうのかもしれない。

　考えてみると、剣馬って結構不憫<ruby>不憫<rt>ふびん</rt></ruby>だなあ。

　年頃なのに自由に恋もできないなんて、私と変わらないよね。

「ふうん。ほんとに？」

「ほんとに！　私だってひとりになりたいときもあるのに、いつも剣馬がいるんだよ。剣馬のせいでまともに男の子とも話せないし、だから恋なんてできないし。私は恋愛結婚がしたいのに……」

「まあ、いままではそれで良かった」

「良かった？　どういう意味？」

「でも、これからは彼氏の俺がいるから、三船の出番はほぼなくなるね」

　彼氏……。飛鳥井くんが、私の彼氏。

　いや、フリだってことはわかってるけど、改めて言われるとドキドキしてしまう。

　だって演技とはいえ、人生初彼氏なわけで。

「あ、飛鳥井くんはいいの？　私が彼女役で……」

「うん。仁葵ちゃんがいい」

「に……っ！　な、なんで名前」

「恋人同士になるんだから、名前呼びは普通でしょ。花岡

さんも俺のこと名前で呼んで。俺の名前、知ってる？」

「もちろん知ってるよ。……狼くん、でしょ」

　剣馬以外の男の子の名前を呼んでしまった。

　すごい。恋人ってこんなに特別感があるものなんだ。

　大丈夫かな、私。

　本当に飛鳥井くんのことを彼氏と錯覚しちゃいそう。

「何か迷ってる？　俺が彼氏になるの、イヤ？」

「そういうわけじゃないんだけど……」

「恋人になるのって、実は仁葵ちゃんにもメリットがあるんだよ？」

「え。私にも？」

「彼氏がいるって、お祖父さんの説得に使えるカードじゃない？　彼氏がいるからお見合いはしないって言えるでしょ」

　そっか！　それは盲点だった！

　私が飛鳥井くんに群がる女の子への牽制になるのと同じように、飛鳥井くんは私にお見合いをさせようとするおじいちゃんへの牽制になるんだ。

　ただ「お見合いなんてしない！」って言うより、「大好きな恋人がいるからお見合いなんてしない！」のほうがずっと説得力がある。

　でも居候までさせてもらって、お見合いを断る口実にもなってもらえるなんて、私に都合良すぎじゃないかな？

　私も他に何かできればいいんだけど、残念ながら思いつかない。

「じゃあ、交渉成立ってことでいい？」

「……うん。よろしくお願いします！」

「こちらこそ」

　右手を差し出され、迷うことなくその手を取った。

　ぎゅっと握れば、同じ力で返される。

　少し前まではひとりきりで途方に暮れていたけど、私はもうひとりじゃないんだ。

「ってことで、さっそくだけど仁葵ちゃんは家に連絡してくれる？　無事ってことだけでも連絡しないと、警察が動いちゃいそうだし」

「わかった。……彼氏の家にいるって言ってもいい？　しばらく帰らないって」

　スマホを手に彼をうかがうと、珍しく飛鳥井くん……いや、狼くんは目を細めて笑った。

　それが予想外に優しい笑顔だったから、私はぽかんとしてしまう。

　狼くんて、こんな風に笑うんだ……！

「もちろんいいよ。何なら俺も電話に出るし」

「あ、ありがと。じゃあ、かけるね」

　家を出るときにスマホの電源は落していた。

　私のスマホ、たぶん剣馬にGPS設定をされているだろうから、居場所がバレないようにしたかったのだ。

　でもここのマンションはセキュリティーばっちりだし、大丈夫だよね。

　剣馬が押しかけてきて、私を連れ戻すなんて心配はしな

くて済みそうだ。

　おそるおそる電源を入れると、起動した直後着信音が鳴り響いた。

　慌てて確認すると、画面に表示されていたのは予想通り剣馬の名前だった。

　本当はお母さんに連絡しようと思っていたけど、仕方ない。

　画面をタップして、スマホを耳に当てる。

「もしも——」

『やっと出たな。バカ仁葵、そこどこだ？』

　あきれたっぷりの声が聞こえてきて、思わずムッとしてしまう。

　幼なじみが家からいなくなったっていうのに、もっと心配できないのかな。

『仁葵がいないって、青葉さんが半泣きで俺に連絡してきたぞ。何やってんだよバカ』

　青葉はお母さんの名前だ。

　やっぱりお母さんに心配かけちゃったか。

　でも、おじいちゃんから守ってくれなかったんだから、お母さんにもちょっとくらい反省してほしい。

　私、けっこう傷ついたんだから。

「剣馬。私、家出した」

　剣馬の名前を出したとたん、隣の狼くんが反応を示した。

　会話を聞こうとするように、スマホに耳を近づけてくる。

　つまり、私にぴったりくっついていて、近い。

　ソファーが沈んで、体温が、吐息（といき）が……！

『また新造さまとのケンカが原因だろ？　子どもみたいな
ことしてんじゃねぇよ』

「こ、子どもじゃないよ！」

『どう考えても短絡的（たんらく）な子どもだろ』

「だって！　だって……おじいちゃん、お見合いしろって
言うから」

『は……？　見合い？』

　剣馬の声が、ぐっと低くなった。

「お見合いして、婚約して、卒業したら結婚だって。そん
なの受け入れられるわけないでしょ！　だから家出した
の！」

　電話の向こうで、剣馬が盛大なため息をつくのが聞こえ
てきた。

　やっぱりあきれてる。

　剣馬はおじいちゃんの犬だから、そんなことで家出かよ、
とか思ってるんだろうな。

　何をいまさら。花岡家に生まれた以上、政略結婚だって
覚悟して当たり前だ。

　なんて言われそうでイヤだ。

「くだらない、とか言わないでよね……」

『わかったから、とりあえず帰ってこい』

　私のことを連れ戻す気だ。

　スマホを握る手に力をこめる。

「私、帰らないよ。おじいちゃんがお見合いをあきらめて

くれるまで帰らない」

『お前の気持ちはわかったけど、いま何時だと思ってる？
危ないだろ』

　ボディーガードとして強めに聞いてくる剣馬に、電話
じゃ相手には見えないだろうけど、私は胸を張った。

「それは大丈夫。安全なところにいるから」

『安全って？　本間さんのところか』

「ちがうよ。……か、彼氏の家」

　緊張で、声がうわずってしまった。

　正しくはニセの彼氏の家なわけで、なんだか剣馬を騙し
ているみたいで落ち着かない。

　でも空いた手をそっと狼くんに握られて、その優しさに
少し心が癒やされた。

　うん。大丈夫。

　私はいま、ひとりじゃないから。

『彼氏ってお前……もうちょっとマシな嘘つけないのか』

　ぎくりとして一瞬心臓が跳ねた。

　さすが剣馬、鋭い。幼なじみ兼護衛対象の私をよくわかっ
ている。

　でも、ここで引き下がるわけにはいかない。

「ほ、ほんとだもん！　おじいちゃんが考えを変えてくれ
るまで、彼氏と一緒に住むから！」

『仁葵。いい加減にしろって。こんなことしても、新造さ
まを余計に怒らせるだけだ。そんなのお前だってわかって
るだろ？』

　わかってるよ、そんなこと。

　でも剣馬には言ってほしくなかった。

　たとえおじいちゃんの犬であっても、私の幼なじみでもあるんだから、ちょっとくらい私の気持ちを考えてくれてもいいのに。

　いつもいつも、事あるごとに新造さまは、新造さまがって、おじいちゃんのことばっかり優先して。

　昔は私のこと、いちばんに考えてくれていたのに。

『とにかく帰って、素直に謝れ。そのあとのことは──』

「絶対帰らないんだから！　剣馬のバカ！」

　スマホに向かって叫んで、電源を落とした。

　ひどい。許せない。

　どうして私がおじいちゃんに謝らなくちゃいけないの。

　おじいちゃんが私に謝るならわかるけど、私が頭を下げなきゃいけない理由なんてひとつもない。

「仁葵ちゃん、大丈夫？」

　気づかわしげに狼くんに顔をのぞきこまれ、ぐっと唇を噛む。

　何も考えずにあんなこと宣言しちゃって、どうしよう。

　狼くんは家に置いてくれるって言うけど、長い期間厄介(やっかい)になるわけにはいかないし。

　さすがに私も、そこまで常識がないわけじゃない。

「もしかして、まだ迷ってる？」

「だって……こんな訳ありな私、迷惑にしかならないよ」

「迷惑なんかじゃないよ。それに……」

「それに？」

「毎日ルポに触り放題だよ」

　そう言って、狼くんはルポを抱き上げる。

　だらんと体が伸びて、ちょっとお餅っぽいところも最高
に可愛い。

　ナウ？と首を傾げるルポの愛くるしさに、私のハートが
射抜かれた。

　そうか、こんなに可愛い猫ちゃんとの素敵ライフがここ
にはある……！

「狼くん！　しばらくお世話になります！」

　迷いを完全に振り切って、暗くなったスマホを握りしめ、
ぺこりと頭を下げた。

　その頭を、優しい手つきで撫でられる。

　よくがんばりました、と言うように。

「はい、お世話します。よろしく仁葵ちゃん」

　顔を上げると、完璧王子と言われる彼の、完璧すぎる笑
顔があって、声が出ないほど驚いた。

　なんとなくその笑顔が嬉しそうに見えたのは、私の願望
だったのかな……。

　ルポのナーウという鳴き声が「よかったね」と言ってい
るように聞こえた。

ルールを決めるべし

爽(さわ)やかな草原の香りがする。

水の底からゆっくりとのぼる泡のように意識が浮上した。

まぶたの向こうがうっすら明るいことがわかったけど、まだ眠たくて目を開けることができない。

でもいつもとはなんだか、ベッドの感じがちがう気がする。

愛用しているラベンダーのファブリックミストとは別の香りがするし、ぽかぽかあったかい。

それに少し体が重くて動きにくいような……。

「……ん？」

おかしいぞ、となんとかまぶたを持ち上げる。

するとそこには、完璧なまでに美しい王子様の寝顔がどアップであった。

声にならない悲鳴を上げて離れようとしたけど、がっちり抱きこまれていて動けない。

体が重く感じたのはこのせいだったんだ。

いや、そんなことよりも！

どうしてクラスメイトの飛鳥井狼くんが、私のベッドにいるの!?

寝起きのせいで混乱したけど、周りを見て、ここが自分の部屋じゃないことがわかって思い出した。

私、昨日家出してきたんだった。

ここは狼くんがひとり暮らしをする部屋で、私はしばらく居候することになったんだっけ。

　条件は、恋人のフリをすること。

　それはお互い納得して決めたことだけど……。

　同じベッドで寝るなんて、聞いてない！

「ろ、狼くん、起きて」

　ドキドキしながら狼くんの胸に手を当て、体を揺する。

　でもぐっすり眠っている狼くんに起きる気配はない。

　もう、気持ち良さそうに寝ちゃって。

　どうして狼くんがここにいるんだろう。

　確か昨日寝るときに、どこで寝るかちょっとモメたんだよね。

　ベッドがひとつしかなくて客用布団もないから、どっちがベッドで寝るかって。

　私は居候の身だしソファーで寝ると言ったのに、初めて来た場所でソファーじゃ休まらないだろうからって、狼くんが聞かなくて。

　結局狼くんに押し切られて、私が狼くんのベッドで眠ったんだ。

　男の子のベッドで、しかも男の子の服を借りて眠るなんて初めてのことだ。

　家を出たときは寧々子ちゃんを頼るつもりでいたから、パジャマも借りればいいと思って本当に最低限の荷物しか持ってこなかったんだよね。

　最初はドキドキして、絶対寝付けないと思ってたんだけど。

　家出して疲れていたのか、気づいたら朝になっていた。

　そしてこの状況。

　狼くんのベッドは広いから窮屈ではないけど、朝から心臓に悪い。

「それにしても……はぁ。きれいな寝顔」

　うらやましいくらいまつ毛が長い。

　肌も白くてつやつや、唇もうすピンクで花びらみたい。

　色素の薄い髪が、カーテンの隙間から射しこむ朝陽に照らされ、金色に輝いている。

　昨日まではあまり話したこともない、ただのクラスメイトだったのになあ。

　いまこうして、同じベッドで横になっているなんて不思議だ。

　しかも思い切り抱き枕にされているし。

　狼くんのファンの子たちが見たら、卒倒しそう。

　そして私は呪い殺されてしまうかもしれない。

　想像するとゾッとして、私は慌ててもう一度狼くんを起こしにかかる。

「ねぇ、狼くんてば。朝だよ、起きて」

「んー……」

「起きてってば。いま何時？　お腹空いたよ。ねぇ狼くん」

「んん……あれ。仁葵ちゃん？」

　半分ほどまぶたを持ち上げた狼くんが、私を見てパチパチとまばたきする。

　まだ眠そう……というか、寝ぼけてる？

「おはよう、狼くん。朝だよ」

「仁葵ちゃんだー。なんでいるの？」

　甘えたような声で言いながら、私をぎゅっと抱きしめ直す狼くん。

　やっぱり寝ぼけてる！

　塩対応の完璧王子はどこに行っちゃったの？

　ドキドキしながら彼の胸を軽く叩いた。

「こっちのセリフだよ！　狼くん、ソファーで寝たんじゃなかったの？」

「ソファー……あ」

　パチリと狼くんの少し垂れ気味の形の良い目が開く。

　至近距離から私の顔をまじまじと見て「仁葵ちゃん？」と言った。

「なに？」

「……本物の仁葵ちゃん？」

「そうだけど、まだ寝ぼけてる？」

　とりあえず放して？と言うと、狼くんはすんなり私を解放してくれた。

　ふう。やっとまともに息が吸える。

　でも狼くんの体温や、筋肉のついた硬い胸や腕の感触が残っていて、顔が熱い。

「ごめん仁葵ちゃん。夜中にトイレ行ったとき、寝ぼけてベッド来ちゃったっぽい」

　起き上がり、眠そうな顔のまま謝ってくれる狼くんに苦笑する。

　寝ぼけてたんじゃしょうがないよね。

「ううん。やっぱりソファーじゃ、よく眠れなかったんじゃない？　今日は私がソファーで寝るから、狼くんはベッドでゆっくり寝て？」

「大丈夫。仁葵ちゃんがあったかくてよく眠れたのか、体はつらくないよ」

「そ、そう。私、体温高めだから……」

　狼くんは逆に少し体温が低めなのか、手とか腕がひんやりしていて気持ち良かった。

　そんな感想、恥ずかしくてとても言えないけど。

　ふと、ベッドの端にルポが丸くなっているのが見えた。

　えー！　ルポもベッドに来てくれたんだ！

　猫ちゃんと同じベッドで眠るって、なんて贅沢！

　狼くんが寝ぼけてベッドに入ったから、ルポも一緒に来たんだろうけど嬉しかった。

「おはよう、ルポ〜！　今日も最高に可愛いね！」

「仁葵ちゃんも最高に可愛いね」

「え？　何か言った？」

　狼くんがぼそっと何か言った気がしたんだけど、彼は軽く首を振る。

「いや……。お腹空いてる？　モーニング食べに行こうか。休日だしゆっくりできるよ」

「うん。もうぺこぺこ。狼くんはいつもどこで食べてるの？」

「俺は朝は食べたり食べなかったりだけど、食べるときは近くのカフェか、コーヒーショップのモーニングセット食べてるよ」

「いいね。じゃあ、家では食べないんだ？」

「俺、料理できないから。ハウスキーパーが来た次の日とかは、作り置きしてくれたものを食べたりもするけど、自分では作らないかな。テイクアウトしたものを家で食べることがたまにあるくらい」

　聞いていて、ちょっとうらやましくなった。

　ひとり暮らしって、朝食ひとつにもいろんな選択肢があるんだなって。

　うちは朝は家で食べる一択だから。

　たまに仕事で誰かがいないことはあるけど、家にいるなら必ず家で、お母さんと住みこみの家政婦さんが作った朝食をみんなで食べる。

　あんまりお腹が空いてないから、朝ごはんはいらない、なんてことは許されない。

　朝食はみんなで、がおじいちゃんの決めたルール。

　そしておじいちゃんの言うことは、我が家では絶対だからだ。

「……朝ごはん、楽しみだなあ」

　思わずもれた呟きに、狼くんは目をこすりながら少しだけ笑った。

「俺も。誰かと朝ごはんを一緒に食べるのって久しぶりだ」

「そっか。ひとり暮らしだもんね。いままで彼女と食べることとかなかったの？」

「いないよ、彼女なんて。まず家に誰かを泊めるってことがありえない」

　私のことは、連れてきてくれたのに？

　でも、そっか。この部屋には私以外誰も泊まったことがないんだ。

　その事実が特別なことのようで、なぜか胸がきゅんとした。

　身支度をしてマンションを出ると、狼くんが「はい」と左手を差し出してきた。

　その手の平には特に何ものっていない。

　どういう意味だろうと黙ってじっと見ていると「早く握ってくれないと恥ずかしいんだけど」と言われ、ようやく気がついた。

　そうか、恋人のフリをするんだ！

　周りに見せつけるために、手を繋ごうってことね。

「じゃあ……」

　おそるおそる握った手は、やっぱりひんやりしている。

　でも握り返してくるその手は、とても優しい。

　狼くんはいつも通り、ちょっと眠そうな顔の無表情だけど、私は照れくさくて、どんな顔をしていいのかわからなくなった。

　どこで狼くんのファンが見るかわからない。

　だからもっと自然に見えるようにしないといけないのに、うまくできない。

　狼くんはこういうの、慣れてるんだろうなぁ。

　今は彼女はいないようだけど、これまではどんな人とお付き合いしてきたんだろう。

　海外に住んでいるときは、きっと彼女がいたよね。

　海外の女性って、大人っぽくてセクシーなイメージだけど……。

　朝からおかしな想像をしそうになって、慌てて自分の頭を軽く叩いた。

「仁葵ちゃん？　どうかした？」

「ううん！　なんでも！」

　朝食は、マンションからほど近い場所にあるカフェでとることにした。

　外装が赤レンガの、落ち着いた雰囲気のあるカフェで、早朝から営業し夕方には閉じるそうだ。

　中には数名お客さんがいて、静けさとコーヒーの香りで満ちていた。

　エシレバターのトーストかキッシュ、それとクロックムッシュから選べて、ものすごく迷った末にクロックムッシュに決めた。

　一緒にカフェオレも頼む。

　狼くんはキッシュとアイスコーヒー。

　常連らしく、店員さんとやりとりをしている狼くんは、ひとり立ちした大人のように見えてかっこよかった。

　ひとりでこういうところに来たこともない私って、狼くんにはさぞ子どもっぽく見えているんだろうな。

　これじゃあ（ニセ）彼女として見劣りしてしまう。

　私もかっこいい、大人っぽい女になりたい。

「私もカフェオレじゃなくて、アイスコーヒーにすればよ

かった」

「別に俺のと交換してもいいよ。でもどうしたの。昨日は
コーヒー飲んで渋い顔してたから、苦手なのかなと思った
んだけど」

　あう。苦いコーヒーが得意じゃないの、見抜かれてたん
だ。

　なんでも表情に出ちゃうところも子どもっぽいなと、恥
ずかしくなる。

「カフェオレって、子どもっぽいかなって」

「そう？　コーヒーが飲めるから大人ってわけじゃないと
思うけどね」

「その通りなんだけど、コーヒーが飲めるってかっこいい
でしょ」

　狼くんは届いたアイスコーヒーを手にしながら、「かっ
こいい……？」と首をかしげていた。

「毎日がんばって飲めば、美味しく感じるようになるかな
あ」

「ムリして飲むことないんじゃない？　俺もカフェオレ好
きだよ」

「ほんと？　狼くんも飲むの？」

「たまに。今日はミルクを買って帰ろうか」

　テーブルの上で、私の手をとり小さく笑った狼くんは、
文句なくかっこよかった。

　フリだということを一瞬忘れてときめいてしまったくら
い。

　そのまま手を握られて、一気に顔が熱くなる。

　わかってる。これは演技。

　どこかで狼くんのファンが見ているかもしれないから、わざとイチャイチャして見せてるのだ。

　いちいちドキドキするな。

　そう自分に言い聞かせ、ためらいながら彼の手を握り返した。

　でもとたんに嬉しそうな顔をされてしまって、やっぱりドキドキしてしまう。

　塩対応の完璧王子はもうここにはいないみたい。

「このあと仁葵ちゃん、予定ある？　なかったら買い物に行こうか」

「予定はないけど、買い物？」

「うちに住むならいろいろ必要でしょ。荷物少なそうだったし、足りないもの買いに行こう」

「いいの？　付き合ってもらっちゃって」

「可愛い彼女のためですから。いくらでも荷物持ちするよ」

　なんて理想的な（ニセ）彼氏だろう。

　狼くんて、恋人にはこんなに甘くなる人なのかな。

「狼くん、優しすぎるよ……」

「仁葵ちゃんにだけだよ」

　ぎゅってまた、優しく手を握られる。

　これ以上、勘ちがいしそうになるようなこと言ってドキドキさせないでほしい。

　心臓がおかしくなってしまいそう。

　そのあとベシャメルソースたっぷりのクロックムッシュが届いたけれど、なんだか胸がいっぱいで、食べきることができなかった。

「狼くん見て！　これ可愛い」
「うん。可愛い。買おう」
「えっ」
　家でも使っているルームウェアのショップに行くと、パーカーとショートパンツがセットの新作が出ていた。
　ふわふわでもこもこっとした生地のそれは、フードの部分に猫の耳がついている。
　自分に当ててみただけなのに、狼くんはなぜか食い気味で即決した。
　着るのは私なのに、狼くんが即決って……。
「あの。パジャマは別の店でもさっき買ったから」
「じゃあ、これはルームウェアにしよう」
「でも、パジャマとルームウェアって、そんなに変わらないんじゃ……」
「２着くらいあってもいいんじゃない？　俺の服ももちろん着てほしいし」
「着てほしい？」
　どうして？
　自分の服を人に着られるの、イヤじゃないのかな。
「それに、この猫耳は絶対に仁葵ちゃんに似合うから買う」

　そう言うと、狼くんは商品を持ってさっさとレジに行ってしまった。

　実はこれまでの買い物の支払いも、すべて狼くん持ちなんだよね。

　私のカードを使うと居場所がバレてしまうかもしれないからって。

　確かに、マンションならともかく外で剣馬たちに捕まったら、問答無用で家に連れ帰られる気がする。

　現金には限りがあるし、家出が終わったらお金を返す約束で、いまは狼くんに甘えることにした。

「これは俺からのプレゼントね」

　また新しい紙袋を手に戻ってきた狼くんは、妙に満足気だった。

　そんなにあの猫耳パーカーが気に入ったのかな。

　ルポがいるから、猫グッズも集めているとか。

「プレゼント？　私に？」

「うん。同棲記念に。……っていうのは口実で、俺がただこれを着た仁葵ちゃんを見たかっただけなんだけど」

「もしかして、狼くんて無類の猫好きなの？　猫を愛してやまない人？」

「猫っていうか……まあ、うん。可愛いよね、猫。ルポも他の猫も」

　なぜか私の頭を撫でながらそう言っていたけど、私が猫耳パーカーを着ても、残念ながら本物の猫にはほど遠いと思った。

　買った荷物は狼くんがほとんど持ってくれて、私は小さな紙袋ひとつだけ。

　中身はお揃いで買ったマグカップだ。

　私用のカップを買うとき、せっかくだから俺もと、狼くんがお揃いで買ったのだ。

　ペアの食器って、同棲っぽくてちょっとときめいてしまった。

　家の中だから誰かに見られるわけじゃないのに、いいのかな。

　ちらりと横を歩く狼くんを見上げる。

　いつも通り感情の読みにくい表情だけど、なんとなく機嫌が良さそうに見えた。

　あちこち買い物に連れ回しちゃってるのに、優しいな。

　剣馬なら「さっさと決めろよ」「まだ終わらないのか」って嫌味っぽくぶつぶつ言っているところだ。

　男はだいたい買い物は短く済ませるから、女の買い物に付き合うのは苦痛だとも前に言っていたっけ。

　つまり、狼くんは特別優しいってことなんだろうな。

「たくさん買い物しちゃった。狼くん、付き合ってくれてありがとう」

「俺も楽しかったから。じゃあ、そろそろ帰ろうか。夜はどこで食べよう?」

「あ、そうだ。今日のお礼に、私が作ってもいいかな?」

　狼くんがぴたりと足を止めるので、私も自然と立ち止まる。

　まじまじと見てくる狼くんに首をかしげた。
「狼くん？」
「ごはん……仁葵ちゃんが作ってくれるの？」
　そんなに意外かな？　おじいちゃんに料理を習うよう強要されて、ひと通りのものは作れる。家でもたまに手伝っていたしね。
「う、うん。良ければだけど。でも、そんなに料理が得意ってわけじゃなくて、簡単なものになっちゃう――」
「食べたいです。仁葵ちゃんが作ったごはん」
　食い気味に言われてのけぞってしまう。
「そ、そう？　じゃあ、帰りにスーパー寄っていこ」
　今度ははっきりと、狼くんはご機嫌な顔で歩き出した。
　大丈夫かな、私。
　なんだかものすごく期待されているみたいだけど、本当に普通の家庭料理しかできないんだけどなあ。
　ちょっとこれはがんばらなくちゃだね。
　そう思ったとき、ふと周りを見ると、すれちがう人がみんな狼くんを振り返っていることに気がついた。
　近くにいる人も、女の人はもちろんのこと、男の人まで視線が吸い寄せられるかのように狼くんを見ている。
　やっぱり狼くんは目立つんだなあ。
　どこにいても目を引く人はいる。
　おじいちゃんに連れられて参加するパーティーでも、みんな同じように着飾っていても、その中で特別に輝いて見える人はこれまでに何人かいた。

　私の初恋の人も、そういう特別な存在だった。

　金髪に青い瞳の男の子。

　8歳のときに連れられたパーティーで出会った夜のことを、いまも鮮明に覚えている。

　退屈で会場を抜け出した私は、ホテルの庭園で迷子になったあげく、池に落ちた。

　おまけに頭を打ってケガもしていた私を、その金髪の男の子が助けてくれたのだ。

　……いま思い返すと、私ってば家でもホテルでも抜け出してばかりなんじゃ？

　おじいちゃんに落ち着きがないと、あきれられるのも仕方ないのかも。

　あのとき助けてくれた金髪の男の子は、絵本に出てくる王子様のようにかっこよかった。

　びしょ濡れで、頭が痛いって泣き叫ぶ私を、大人が来るまで抱きしめてくれていた。

　そんな人に恋をするのは自然なことだった。

　助けてくれた男の子が誰だったのか、結局わからないままだけど、私の心にはいまも初恋の彼が住んでいる。

　その初恋の彼と狼くんは、少し似ているかもしれない。

　狼くんは薄茶の髪と瞳だから別人だとわかっているけど、初恋の男の子をどうしても連想してしまう。

　だからこんなに狼くんにドキドキしちゃうのかな。

　大勢の人を魅了しながらも自然体で歩く彼を見ながら、そっとため息をつく。

　客用布団を買い忘れたことに気づいたのは、狼くんのマンションに帰ってきたあとだった。

　うろうろうろうろ……。
　うろうろうろうろ……。
　さっきから、キッチンに立つ私の背後を、狼くんが行ったり来たりしている。
　何を作っているのか気になるというか、わくわくしているみたいなんだけど、まるでいまかいまか、とごはんを待つワンちゃんみたいだ。
　ルポが私の足元から、挙動不審な飼い主を不思議そうに見ている。
　何度気が散って手元が狂いそうになったかな。
　だめだ、料理に集中しないと。
　もう狼くんのことは気にしない。私の後ろには誰もいない。
　そうやって自己暗示をかけようとしていたのに──。
「ねぇ。何作ってるの?」
　のし、と背中から覆いかぶさるように狼くんが手元をのぞきこんでくるから、包丁を落としそうになってしまった。
「あ、危ないよ狼くん!」
「俺も手伝う?」
「ええ?　狼くん、包丁使えるの?」
「……その太いキュウリを半分に叩き切るくらいはできる

と思う」

　狼くん、これはキュウリじゃなくてズッキーニです。

　キッチンが血の海になりそうな予感がして、私は狼くんをリビングへと追い返した。

　去っていく後ろ姿にしょんぼりした尻尾(しっぽ)が見えたのは気のせいだろうか。

　狼くんのリクエストで、和食を作ることにした。

　この辺りの外食ではあまり食べられないらしく、和食に飢(う)えているらしい。

　ハウスキーパーは学校に行ってる時間帯に入っているから顔を合わせることがまずないようで、料理もリクエストしにくいようだ。

　出来上がったのは、秋刀魚(さんま)の竜田(たつた)揚(あ)げに夏野菜の豚汁(とんじる)、いんげんの胡麻(ごま)和(あ)え。

　そして狼くんがどうしても食べたいと言った、だし巻き卵。

　うん。我ながらがんばったんじゃない？

　テーブルに並べていくと、おとなしく『待て』をしている狼くんの目がどんどん輝きを増していった。

「仁葵ちゃんすごい。どんな魔法を使ったの？」

「ふふ。使ったのは普通の食材と調味料だよ。狼くんの口に合うといいんだけど」

　私の心配をよそに、食事をはじめると、狼くんは次々と料理を口に運んでいった。

　食べるたびに「食感が良くて好き」「優しい味がする」「こ

んな美味しい卵焼き食べたことない」と嬉しいことばかり
言ってくれて。

　私は狼くんのその言葉だけで、お腹がいっぱいになって
しまったくらい。

　おじいちゃんに「女なのだから、料理は得手であるべき
だ」なんて言われ、料理の勉強を強要されてうんざりした
時期もある。

　でもいまその勉強が役に立って、生まれてはじめて、
ちょっとだけおじいちゃんに感謝してもいいかなと思っ
た。

　本当に、ちょっとだけだけどね。

「仁葵ちゃんは良い奥さんになるね」

「……そうかな。でも私、良い奥さんよりできる看護師に
なりたいんだ」

「看護師？　仁葵ちゃん、将来看護師になりたいの？」

　だし巻きを食べようとしていた手を止め、狼くんが驚い
たように聞いてくる。

　私は気恥ずかしく思いながらも小さくうなずいた。

「わかってるよ。私みたいな立場の人間が、こういう夢を
持つのはおかしいって。でも……ずっと憧れてたの」

「どうして憧れたのか、聞いてもいい？」

「小さいときに頭を打ってね。そのとき病院で私の不安を
取りのぞくように接してくれた看護師さんが、素敵だった
んだ。私もこんなかっこ良くて優しい看護師さんになりた
いって、思っちゃったんだよね」

　裕福な家に生まれた自覚がないってあきれられるかな。

　少し不安になったけど、狼くんは「そうだったんだ」と相槌を打つだけだった。

　しかもなぜか、申し訳なさそうな、暗い顔をしている。

「狼くん……？」

「……ごめん。良い奥さんになる、なんて無神経なこと言って。料理がうまいから良い奥さんになれるわけでも、ならなきゃいけないわけでもないのにね」

　狼くんのその言葉は、胸に来るものがあった。

　私、誰かにずっとそう言ってもらいたかったんだ。

　自分でもはじめてそれに気がついた。

　私の気持ちを瞬時に理解してくれた彼に、感動した。

「ううん。そんな風に言ってもらえるなんて思わなかった。ありがと」

「怒ってない？」

「怒らないよ」

「じゃあ、またごはん、作ってくれる？」

　甘えるように、はちみつ色の目を向けられて、きゅんとしてしまう。

　だめ？　だめなの？

　とうかがうワンちゃんの姿が目に浮かんで、愛おしくなった。

「うん。朝も、リクエストがあれば私作るよ」

「いいの？」

「あ。でも、外でモーニングも楽しいからまた行きたいな」

「もちろん。仁葵ちゃんの負担にならない範囲で作ってもらえたらうれしい。俺、仁葵ちゃんの料理好き」

　だし巻きをぱくりと食べながら、いつもは覇気（はき）のない目を嬉しげに細める狼くん。

　そんなこと言われたら、いくらでもがんばっちゃいそうだ。

　たくさん作ったつもりだったけど、狼くんはぺろりと完食した。

　男の子って思っていた以上に食べるんだなあ。

　次はもう少し多めに作ってもいいかもしれない。

　食事の後片付けはふたりでやった。

　キッチンに並んで食器を洗いながら、ひとりでそわそわしてしまった。

　買い物をしていたときも思ったけど、こういうのってとってもカップルっぽいなあって。

　今度はお揃いのエプロンを買おうかと話しているとき、狼くんのスマホが鳴った。

　そういえば、私のスマホは電源を落としっぱなしにしたままだっけ。

　たくさんの着信にメッセージが入っているんだろうな。

　主に剣馬から。

　ため息をつきそうになる私のそばで、狼くんが電話に出た。

「もしもし？　……ああ。なんだ美鳥（みどり）か」

　美鳥って……女の子？

　しかもくだけた感じの狼くんから、仲の良さを感じて聞き耳を立ててしまう。

「なに？　……へえ、こっちに来たんだ。そう。……え？　うちに？」

　狼くんの声がワントーン下がるのを感じた。

　そっと振り返って狼くんを見ると、珍しく眉をひそめている。

　どうしたんだろう。

　何の話をしてるのかな。

「自分の家もあるんだから、そっちに行けばいいだろ。……知らないよ。ホテルとかあるし。もう子どもじゃないんだから。おじさんたちは何て？　……うん。まあ、そうだろうな」

　なんとなく、親しげに聞こえて胸がざわついた。

　家族ぐるみの付き合いの相手なんだろうか。

「うん。……うん？　ああ、わかったよ。それは付き合う。でも俺も忙しいからそんなに時間取れないけど。……はいはい。わかったって」

　今度は柔らかく笑ってる。

　一体どんな相手なんだんだろう。

　どうして私、こんなに狼くんの電話の相手が気になるんだろう。

「ああ、じゃあまた。おじさんたちによろしく」

　狼くんがスマホをタップすると同時に、私は慌てて前を見た。

　イヤな音を立てる心臓を誤魔化すように、食器の泡を勢いよく流していく。

　普段は女の子にそっけない狼くんだけど、やっぱりモテるんだよね。

　こんな風に連絡を取り合う相手がたくさんいても、おかしくない。

　なんか……イヤだな。

　胸がモヤモヤする。

　泡と一緒に、このモヤモヤも洗い流してしまえたらいいのに。

　でもお皿を洗い終えても、気分はちっとも晴れなかった。

　狼くんには食後のコーヒーを、私は甘いカフェオレを淹れて、リビングのソファーに座る。

　でもなぜか、私は狼くんの足の間に座らされた。

「あの……狼くん？」

「なに？　ふふ。後ろから見ると、ますます猫だ」

　そう。お皿を洗ったあと、狼くんにすすめられて今日プレゼントしてもらった猫耳フードのルームウェアに着替えたのだ。

　ふわふわの肌触りで気持ちよくて、私もお気に入りになったけど、狼くんはそれ以上に気に入ったみたいだった。

　着て見せた瞬間から「可愛い」「本物の猫みたい」「似合う」「可愛い」「すごく可愛い」と、ずっと興奮したように繰り返している。

　どれだけ猫が好きなの……。

「猫、もう1匹飼いたいと思ってたんだ」

「そうなん……ひゃっ」

「可愛い。ふわふわ」

　お腹に腕が回り、ぎゅっと抱きしめられた。

　な、なんで!?

　一気に顔が熱くなって、心臓がバクバク跳ねた。

　慌ててカップを置いて、狼くんを引きはがし立ち上がる。

「あ。逃げちゃった」

「いきなり何するの!?」

「大丈夫。怖くないからこっちおいで」

「狼くん！」

　私は怒ってるのに、狼くんは小さく笑って私を捕まえると、腕の中に閉じこめた。

　狼くんの草原のような爽やかな香りに包まれて、身動きがとれない。

　足元で、ルポがちょっとうらやましそうにこっちを見ている。

　見てないで助けてよ、ルポ。

「猫の仕事はご主人様を癒やすことでしょ」

「わ、わ、私、猫じゃない〜っ」

「ふふ。なかなか懐かない猫拾ったみたい」

　のんきに笑うと、狼くんは私の肩にぐりぐりと顔をすりつけた。

　これじゃあご主人様っていうより、甘えん坊の犬だと思う。

　今度買い物に行ったら、狼くんに犬耳のついたパーカー
を買わなくちゃ。
「そ、そんなことより！　狼くん、大事なお話があります」
「うん。なに？」
「……とりあえず、離してください」
「やだ」
　やだって、子どもみたいに……。
　真面目な話をしようとしてるのに、と狼くんを睨むと、
なぜかぎゅうぎゅう抱きしめられたあと、ようやく解放さ
れた。
　狼くんの猫への愛はちょっと異常なくらい強いのかもし
れない。
　このルームウェアを着るときは要注意だと思った。
　やっと離れてくれたので、今度はソファーに並んで座り、
彼のほうを向く。
「私たち、これから一応恋人同士ってことで一緒に住むで
しょ？」
「そうだね。恋人と同棲生活って、響きがいいね」
　私にはちょっといかがわしく聞こえるけど、ひとまずそ
れは置いておこう。
「そのために、ルールを決めませんか」
「ルール？」
「フリとはいえ恋人として生活していくうえで、大事なこ
とだと思うの。お互いのために、お互いが困らないような
約束が必要じゃないかなって」

「ふぅん。例えばどんな？」

「例えば嘘をつかないとか、ケンカをしてもその日のうちに仲直りするとか……浮気は絶対しない、とか」

　口にしてから、何言ってるんだろうと後悔した。

　顔が熱い。

　恋人のフリなのに、浮気も何もないだろう。

　狼くんもあきれたかな、と顔を上げると、彼は不思議そうにこてんと首をかしげていた。

「もちろんいいけど、最後の人として最低限のルールだよね？」

「え……いいの？」

「いいっていうか、最初からそんなのするつもりないし」

「お、女の子とふたりきりになったり、こっそり連絡取り合ったり、べたべたしたりしちゃだめなんだよ？」

「うん。そもそもそんなことする相手がいないんだけどね」

　じゃあ、さっきの電話の子は？

　そう言いかけて、飲みこんだ。

　もしかして電話をしていた子は、狼くんにとって特別な存在だったりするのかな。

　実はその子が本命だったりして。

　胸のモヤモヤがどんどん大きくなっていくけど、自分ではどうすることもできない。

　私、どうしてこんな気持ちになってるんだろう。

「俺より、仁葵ちゃんはいいの？」

「……え？　私？」

「そのルール、守れる？　他の男とふたりきりになったり、こっそり連絡を取り合ったり、ベタベタ触らせたりしないって、約束できる？」

「それはもちろん──」

「三船が相手でもだめだからね？」

　そう言った狼くんの目が、びっくりするほど真剣だったから、一瞬何も言えなくなった。

　剣馬が相手でも、だめ？

　でも剣馬はボディーガードで世話役だから、いままでもふたりきりになることなんてしょっちゅうで、連絡をとるのも体に触れることも日常茶飯事（さはんじ）だった。

　私と剣馬の関係がどうにかなるはずはないんだから、例外に……。

「仁葵ちゃん？　だめだよ？」

　まるで私の考えを読んだかのように、狼くんはにっこり笑って言った。

　狼くんの笑顔が怖い……そっか、剣馬もだめなのか。

　でも剣馬は仕事だって言って納得しないだろうし、どうしよう。

「仁葵ちゃん。これからは俺が彼氏として君を守ったり、世話を焼いたりするんだから、三船がいなくても問題なくない？」

「あ……そっか。そういうもの？」

「そういうもの。そろそろ仁葵ちゃんも、幼なじみ離れしないとね」

　頭を撫でながら、まるで親離れできない子どもみたいに言うからムッとしてしまう。

　私は別に、剣馬がいなくても普通に生活できる。

　剣馬が私から離れてくれないだけで、こっちはひとりでも全然平気なんだから。

「私だって大丈夫！　ルールは絶対守れるよ！」

「そ？　じゃあお互いしか目に入らないって感じでいこうね。三船から接触があったら俺に言うこと。隠し事はなしだよ」

「わかった。狼くんもだからね？」

「もちろん。指切りする？」

　小指を差し出され、反射的に自分の小指をからめてしまった。

　同じ小指でも、狼くんの小指は大きい。

　指切りげんまん。嘘ついちゃだめだよ。

　私以外の子と仲良くしちゃだめなんだよ。

　でも、さっきの電話の相手について聞くことは、どうしてかできなかった。

「もういい？」

「え？　あ、うん。……え？」

「じゃ、さっきの続き」

　そう言って、狼くんは再び私を腕の中に閉じこめた。

　ぎゅうぎゅうされて、ぐりぐりされて、くすぐったくて笑ったけど……。

　胸が苦しいのはなぜ？

「あー、癒やされる。あったかい」

「狼くんはちょっと体温低めだもんね」

「俺は冷たい人間だからね」

「そんなことないよ。困ってる私を助けてくれたでしょ。それに、手が冷たい人は心があったかいって聞いたことあるし。狼くんは優しいよ」

　狼くんは私の髪をすくうように撫で、小さく笑った。

「俺が優しいのは、仁葵ちゃんにだけだから」

　甘く囁いて、私の髪にキスをする狼くん。

　私は彼の腕の中で、心臓が口から飛び出そうになるのを必死に耐えるしかなかった。

　そんなこと言われて、私はどう反応したらいいの……！

　狼くんはずるい。

　かっこよくて、優しくて、びっくりするくらいマイペースで、私の心を振り回す。

　とんでもない人の（ニセ）彼女になってしまったかもしれない。

　少し低めの彼の体温を感じながら、明日から学校だけど大丈夫かなと、ひとり不安になるのだった。

「仁葵ちゃん」

「あ。ありがとう、狼くん」

　狼くんの手を借りて車を降りたとたん、周りにざわめきが広がるのがわかった。

　鳳学園の正門は、毎朝送迎の車でいっぱいになる。

　正面玄関に集まっていた生徒たちに注目されて、緊張で体が固くなった。

「大丈夫だよ、仁葵ちゃん」

「狼くん……どうしよう。うまくできるかな」

「心配しないで。仁葵ちゃんは、俺のことだけ見てればいいの」

　そんなことを言って、私の頭に軽いキスを狼くんが落とす。

　直後あちこちから女の子の悲鳴が上がり、倒れる子まで現れ、辺りは一気にパニック状態になった。

　どこかのお家の付添人や学園のスタッフが慌てて集まってくるのを見て、私は狼くんを引っ張り校舎の中へと逃げこんだ。

　いきなりこんな事態になるなんて。

　私、狼くんのモテ具合を舐めていたのかもしれない。

　完璧王子のハッシュタグは伊達じゃなかった。

「ああ、びっくりした……。狼くん、人前でああいうことはしないほうがいいよ」

「ああいうことって、キス？　でも、これで仁葵ちゃんが俺の彼女だって知れ渡ったでしょ」

「え……まさか、そのためにわざと人前でキスしたの？」

「いや？　仁葵ちゃんが可愛かったから、俺がしたくなってしただけ」

　何だそれ……と、私はがっくり肩を落とす。

　狼くんて、考えているようでいて、実は何も考えていな
かったりするのかも。

「それにキスって言ったって、頭にちょっとしただけだよ」

「それでもキスはキスだよ……」

「キスなら俺、もっとちゃんとしたのがしたいな？」

　そう言って私の唇を指先でちょんと触るから、びっくり
して狼くんの手を離し飛びのいた。

　恋人のフリしてるだけなのに、そういう "キス" はアリ
なの〜!?

「仁葵」

　なんて返したらいいのかわからずにいると、背後から名
前を呼ばれた。

　振り返ると、そこには冷たい笑いを浮かべた剣馬が立っ
ていた。

　こ、この顔は……、剣馬がめちゃくちゃ怒ってるときの
顔だ……！

　思わず狼くんの背中に隠れると、ますます剣馬の機嫌が
急降下していくのがわかった。

「スマホの電源切りっぱなしにしてんじゃねぇ」

「け、剣馬……」

「隠れてないで説明しろ、仁葵」

　こういう、剣馬の命令口調で偉そうなところがイヤだ。

　ああしろこうしろって、おじいちゃんみたいで。

「もう説明することなんてないもん。電話で話したのが全
部だよ」

「あんなもん、説明のうちに入らないだろ」

「おじいちゃんがあきらめるまで、家には帰らない。それまで彼氏の家にいる。……ちゃんと説明したじゃん」

「その彼氏ってのは、まさかそいつのことじゃないだろうな」

　じろりと剣馬が狼くんを睨む。

　ハラハラして狼くんを見ると、彼はけだるげな顔で首をかしげていて、いつも通りな様子でほっとした。

「おはよう三船。俺たち、あんまり喋ったことなかったよね」

「あんまり？　飛鳥井と話したことは一度もなかったはずだ」

「そうだっけ？　でもこれからは話す機会も増えるだろうからよろしく。なんたって俺、仁葵ちゃんの彼氏だし」

「……あ？」

　剣馬の眉間に深いシワが寄って、もともと悪い目つきが、さらに鋭くなった。

　長い付き合いの私でも震えそうになるのに、正面で受け止める狼くんは平然としている。

　それどころかうっすら笑みまで浮かべ始めるから、挑発されたように感じたのか、剣馬の怒りが膨れ上がるのがわかった。

「誰が誰の彼氏だって？」

「俺が、仁葵ちゃんの」

「寝言は寝てから言え」

　一気に剣馬の声が低くなる。

　私は恐怖で震えが走ったけど、狼くんはまったく動じる
様子はなく、軽く肩をすくめた。
「寝てるときは静かなほうなんだ。ね、仁葵ちゃん？」
「えっ」
　どうしてここで急に話を振るの!?
　戸惑っていると、狼くんに肩を抱き寄せられた。
「一緒に寝てても俺、静かでしょ？　寝言なんて言わない
よね？」
「ろ、狼くん！　しーっ！」
　剣馬の前でなんてことを！
　昨日もその前も、一緒に寝たんじゃなくて狼くんが寝ぼ
けてベッドにもぐりこんできただけなのに、変な言い方は
しないでほしい。
　剣馬はどう思っただろうかとうかがうと、幼なじみ兼ボ
ディーガードからは怒りの表情すらごっそり抜け落ちてい
て、代わりに殺気のような禍々しいものを感じた。
　正直、めちゃくちゃ怖い。
「仁葵……」
「は、はい……？」
「まさか、そのチャラい男と寝たのか」
「ね、寝たっていうか……」
　寝たといえば寝たんだけど、でもたぶん剣馬が想像して
るのとはちがう寝たというか。
　だから寝てないといえば寝てないんだけど、でも……な
んでこんな恥ずかしいこと、言わなくちゃいけないんだろ

う。

　まさか剣馬とこんな会話をしなくちゃいけない日が来る
なんて、と気が遠くなりかけた私を、狼くんの腕が力強く
支えてくれた。

「恋人同士だから、一緒に寝るのは当たり前だよ」

　狼くん、これ以上剣馬を煽（あお）るようなこと言わないでー！

「お前には聞いてない」

「知ってる？　仁葵ちゃんてすっごくあったかいんだ。ふ
わふわで、柔らかくて、気持ちいい──」

「黙れ。殺すぞ」

　低く冷たい声で言った剣馬は、たしかにその眼光で人を
殺してしまいそうだった。

　赤ん坊の頃からの付き合いだけど、こんなに怒っている
剣馬を見るのははじめてかもしれない。

「け、剣馬。その、変なことはしてないから。ほんとに」

「……仁葵。今日は何があろうとお前を連れて帰るからな」

「えっ。イ、イヤだよ。私、帰らないって言ったよね」

「お前の意見は聞いてない。絶対に連れて帰る。これは決
定事項だ」

　ああ、まただ。

　私の意見はないことにして、勝手に自分のいいように押
し進めようとする。

　おじいちゃんと剣馬のこういうところが、どうしても受
け入れられない。

　でも私がいくら拒否しても、ふたりのほうがずっと強く

て、押し通す力があって、私はいつもまともに抗うことさ
えできなかった。

　きっと今回も……。

「それ、誰が決めたの？」

　顔をうつむけかけた私の肩を、大きな手が強くつかんだ。

　しっかりしろと、励ますように。

「……何だと？」

「だから、仁葵ちゃんを連れて帰るのは決定事項だってや
つ。誰が決めたの？　仁葵ちゃんの家族？」

「当然だ。仁葵の親はずっと心配してる。電話一本寄越し
たくらいで、安心するとでも思ったのか？」

「そうだね。俺も仁葵ちゃんのご両親には挨拶しなきゃな
と思ってるよ。……でも三船、いま嘘ついたでしょ」

　剣馬の眉が、ぴくりと動く。

　私は戸惑いながら、ふたりの顔を交互に見た。

　どういうこと？　剣馬が何の嘘をついたっていうの？

「俺が、嘘をついただと？」

「うん。だって三船、仁葵ちゃんの両親の命令で動いてる
わけじゃないんだろ」

「……仁葵がそう言ったのか」

「そうそう。三船は仁葵ちゃんのおじいちゃんに絶対服従
なんだってね。でもさ……花岡グループの会長さんは、仁
葵ちゃんを連れ戻せって言ったの？」

　まるですべてを見透かすような狼くんの問いかけに、剣
馬はしばらく答えなかった。

　ふたりの睨み合いが続いて、やがて校舎に予鈴が鳴り響く頃、ようやく「新造さまは関係ない」と渋々といった風に答えた。

　え……おじいちゃんが、連れ戻せって言ったんじゃないの？

　てっきりそうだと思っていた私は混乱した。

　絶対におじいちゃんは私の反抗に怒り狂って、連れ戻そうと躍起（やっき）になっていると思っていたのに。

「剣馬。おじいちゃん、何も言わなかった……？」

「新造さまは、放っておけ、と」

「やっぱりね。いいのかな？　会長さんの忠犬が、命令違反なんじゃない？」

　剣馬は苛立たし気（げ）に狼くんを睨んだけど、何も言わなかった。

　つまり、本当に剣馬の独断だったんだ。

「行こう、仁葵ちゃん」

「う、うん……」

　狼くんに肩を抱かれたまま、一緒に教室へと歩き出す。

　そっと振り返ると、剣馬は私を見たままその場に立ち尽くしていた。

　なんだか置きざりにされる犬みたいに見えて、ちょっとだけ心が痛む。

「仁葵ちゃん。隙を見せちゃだめだよ」

「うん……わかってる」

「あと、仁葵ちゃんは俺だけ見てるって約束でしょ？」

「わ、わかってるってば」

「ほんとかなあ」

　疑わしそうに私を見てから、狼くんが小さく笑う。

　家でも学校でも、自分のペースを崩さない狼くんを見て
いたら、私も自然と落ち着いてきた。

　そうだ、油断しちゃいけない。

　私には『お見合い、婚約、そして結婚の流れを阻止する』
という大事な目標があるんだから。

　ひとりじゃとても達成できそうにない目標だけど、隣り
に狼くんがいてくれると、なんとかなりそうな気がしてく
る。

　私のために彼氏役を熱演してくれる狼くんを信じて、私
も彼の恋人になりきってみせる！

「狼くん。私、がんばる！」

「うん。まあ、気楽にいこうよ」

「……狼くんはもうちょっと、緊張感持ってもいいと思う」

　ふああ、とあくびをする狼くんを見ていると、力が抜け
る。

　私もこれくらいマイペースを貫けば、おじいちゃんや剣
馬に振り回されることもなくなるんだろうか。

「私もけだるそうにしてみようかなぁ……」

　思わずそんな呟きを漏らす私に、狼くんは不思議そうに
首をかしげていた。

【同居の心得その3】

親に話は通すべし

　私と狼くんが教室に入ったとたん、一斉にクラスメイトたちの目が向けられた。

　みんな、私たちの繋いだ手に視線が釘付けになっている。

　狼くんはわざとみんなに見せつけるように、繋いだ手をゆっくりと離した。

「じゃ、あとで」

「うん」

「お昼は一緒に食べようね」

「わかった。食堂でしょ？」

　そんな会話をして、それぞれの席についた瞬間、親友の寧々子ちゃんを中心に、仲良くしている女の子たちに囲まれてしまった。

　ちらりと狼くんを見ると、向こうも同じような状況になっている。

「仁葵ちゃん！　どういうことです？」

　長い髪をゆるくみつあみにした寧々子ちゃんが、正面に立って私の机に手をついた。

　小動物みたいなつぶらな瞳を力強く見開いた親友は、ずいぶん興奮しているみたいだ。

　他の子たちもみんな同じような顔で迫ってくるものだから、ちょっと怖い。

「どうして飛鳥井くんと一緒に登校してきたの!?」

「飛鳥井くんの車に乗ってきたって本当？」

「さっき手を繋いでたよね？　何がどうしてそうなったの!?」

「み、みんな、ちょっと落ち着いて」

　寧々子ちゃんたちが驚くのもムリはない。

　だって私と狼くんは、いままで挨拶以上の会話なんてなかった、本当にただのクラスメイトだったんだから。

「何で飛鳥井が、花岡さんと仲良く手ぇ繋いで登校してくんの!?」

　向こうでも、誰かが寧々子ちゃんたちと同じようなことを問いただそうとしている。

　狼くんの前にいるのは田沼くんだ。

　赤茶色の髪と、そばかすがトレードマークの賑やかな男の子。

　単独行動の多い狼くんだけど、クラスでは田沼くんと一緒にいることが多い。

　というか、反応の薄い狼くんに、田沼くんだけがめげることなく話しかけているような印象だ。

「仁葵ちゃん、聞いていますか?」

「えっ。あ、ええと……なんていうか、その」

「もしかして、飛鳥井くんとお付き合いすることになったとか!?」

「えーと、うん。そういうこと、になるのかな……?」

「きゃー！　ほんとに!?」

「いつの間にそんなことに〜っ」

　きゃあきゃあと、みんなは小鳥がさえずるようにはしゃぎだす。

　なぜか嬉しそうな友だちの反応に、恥ずかしいというか、

居たたまれなくなった。

　そんな中、寧々子ちゃんだけが少し心配そうな顔で、そっと耳打ちしてきた。

「三船くんは、大丈夫です？」

「え。……どうして、剣馬？」

「だって、仁葵ちゃんに彼氏なんて、三船くんが黙っているとは思えませんもの」

　さすが、寧々子ちゃんは私と剣馬の関係をよくわかっている。

　私と一緒にいる時間が長いだけあって、剣馬の横暴なところを何度も見てきたから。

「剣馬、すごく怒ってた」

「やっぱり……」

「でも、剣馬には関係のないことだから」

　私の宣言に寧々子ちゃんが驚いた顔をした直後、窓際のほうからとんでもないセリフが聞こえてきた。

「俺と仁葵ちゃん、いま一緒に住んでるんだ」

　そのよく通る声に、ざわついていた教室はさらにお祭り騒ぎになった。

　ちょっと、狼くん!?　なに言っちゃってるの!?

　確かに狼くんのところに居候させてもらってるけど、それはみんなに言う必要ないよね!?

「嘘でしょ!?　仁葵ちゃん、いまのほんと!?」

「完璧王子と同棲してるの!?」

「私たちまだ高校生なのに！　ふしだらだわ～！」

「ほんと、不健全よ〜！」

「もっと詳しく聞かせて！」

　ふしだらだ、不健全だと、妙に嬉しそうに連呼する女の子たち。

　その勢いにたじたじになりながら、助けを求めるように狼くんのほうを見た。

　でもこの状況を作った本人は、これだけ周りを騒がせているのに、いつも通りけだるげな顔でスマホをいじっている。

　そのマイペースを見習いたいと、心の底から思った。

「……と、いうわけなの」

　昼休み、私は狼くんと寧々子ちゃんと一緒に食堂の隅にいた。

　観葉植物の陰になる目立たない席を確保したのは、小声でこれまでのことを一通り説明するためだ。

　寧々子ちゃんにだけは本当のことを話していいと、狼くんに許可をもらえたときはほっとした。

　親友を騙しているみたいになるのはイヤだったから。

「まあ……私がセカンドハウスにいる間に、そんなことになっていたなんて」

　話が終わると、寧々子ちゃんはつぶらな瞳をまんまるにして驚いていた。

　寧々子ちゃんは大事に大事にされている箱入り娘だか

94

ら、家出をするなんて信じられないんだろう。

「私もまさか、自分が家出することになるとは思ってなかったよ」

「ごめんなさい、仁葵ちゃん。私がいれば、助けてあげられたのに……」

「ううん。いいの。きっと寧々子ちゃんに頼ってたら、すぐ剣馬にバレて連れ戻されてたと思うし」

「でも、大変だったでしょう？」

　そんなことない、と言おうとしたのに、静かにパスタを食べていた狼くんが「それはもう大変だったよ」と割りこんできたのでギョッとしてしまう。

「仁葵ちゃん、知らない男に声かけられて、お父さんの知り合いだって騙されてついて行きそうになってたんだよ」

「そんな……！」

「ちょ、ちょっと狼くん。そんなことわざわざ言わなくても──」

「俺がたまたま見つけなかったら、ホテルにでも連れこまれてただろうね」

　寧々子ちゃんは両手で口を覆い、顔を真っ青にして震え出した。

　危険とは程遠いところで生きている寧々子ちゃんには刺激が強すぎるから、秘密にしておこうと思ってたのに。

　勝手に話しちゃうなんてひどい。

「あ、でも！　私は無事だったし、大丈夫だよ」

「全然大丈夫じゃないよ。仁葵ちゃんはもうちょっと人を

疑うことを覚えたほうがいいね」

「そうかもしれません。仁葵ちゃんはとっても素直ですから……」

　ものすごく心配そうな寧々子ちゃんに言われ、複雑な気分になる。

　寧々子ちゃんのほうがずっと素直で、純粋だと思うんだけどなあ。

「でも、私がもっと慎重だったら、きっと狼くんにはついて行かなかったよ？」

　クラスメイトだけど、まともに会話をしたこともない異性だ。

　行き場がなかったとはいえ、いま考えるとよくついて行ったなと思う。

　狼くんは私の言葉に目をぱちりと見開いて、固まった。

　そしてゆっくりと、脱力するように小さく笑った。

「それは困るなあ」

　とろけるような微笑みに、びっくりしたのは私だけじゃなかった。

　向かいで寧々子ちゃんも、丸い頬を赤く染めている。

　塩対応で有名な完璧王子のこんな表情、誰も見たことがないんだから仕方ない。

「じゃあこれからは、俺以外を疑うことにしようね」

「狼くん以外？」

「そ。もちろん三船も疑ってかかること」

　剣馬も？　でも剣馬はおじいちゃん優先ではあるけど、

私を傷つけるために騙したり、嘘をついたりするやつじゃ
ないんだけどな。

　そんな私の考えはお見通しなのか、狼くんは「約束ね」
と念を押すように言った。

「……なんだか、飛鳥井くんの印象がちょっと変わりまし
た」

「寧々子ちゃん？」

「実はとても誠実で、一途（いちず）な方だったんですね」

　どこかうっとりするように呟く寧々子ちゃんに慌てる。

　私と狼くんは恋人のフリをしているだけで、本当に付き
合っているわけじゃない。

　ちゃんとそう説明したのに、忘れちゃったの？

「そう。俺、一途なんだ。あと独占欲も強いよ」

「まあ。仁葵ちゃん、気をつけませんとね」

「……そういう設定ってことは、頭に入れておくよ」

　たしかにフリでも狼くんは私をめちゃくちゃに甘やかし
て、猫っかわいがりしてくるけど……。

　フリ、でこれなんだもん。

　本命にはもっともっと、とろけるくらい愛情を注いで大
事にするんだろうな。

　そう考えるとまた胸がモヤモヤしてきそうで、私は考え
るのをやめた。

「仁葵ちゃん。私にできることがあれば何でも言ってくだ
さいね？　隠れる場所なら、いくらでも提供できますから」

「寧々子ちゃん……ありがとう」

「仁葵ちゃんの親友として、当然です。仁葵ちゃんにはぜひ幸せになっていただきたいですもの」

「嬉しいよ。……私もどうせ婚約するなら、寧々子ちゃんみたいに小さな頃からしていれば良かったんだけど。そしたらお互いのことをゆっくり知っていって、好きになれたかもしれないのにね」

寧々子ちゃんは婚約者と本当に仲良しで、よくデートにも出かけている。

ふたりがお互いを好きで、本当に愛し合っているのなら、たとえ親同士の決めた婚約でも幸せだと思う。

私も物心つく前に婚約が決められていたら、あきらめもついたかもしれないのに。

「それは例えば……三船くんが相手とか？」

「えっ!?　な、何言ってるの寧々子ちゃん！　剣馬とそんな風な関係になるなんて、考えたこともないよ！」

「そうなんですか？　でも、三船くんは仁葵ちゃんの幼なじみでもあって、お互いのことをいちばんよく知っているでしょう？」

「そうだけど……でも、そんなこと、ありえないもん」

離れた席で昼食をとっている剣馬をこっそり見る。

こうやって、ケンカをしていても剣馬は絶対に私が見える位置に来て、ボディーガードの仕事を忠実にこなそうとする。

それが当たり前で、いまさらそれ以外の関係を想像することなんてできそうにない。

「そうですか……。幼なじみなのに本当のことを教えてもらえないのは、三船くんが少しかわいそうですね」

「……うん。そうだね」

寧々子ちゃんの言葉が胸に刺さる。

剣馬から目をそらした私を、狼くんが静かに見つめていた。

放課後、狼くんと教室を出て廊下を歩いていると、あちこちから小さな悲鳴が聞こえてきた。

狼くんのかっこよさに興奮する黄色い悲鳴じゃない。

彼の隣りに私がいることに対する、ショックによる悲しい悲鳴だ。

友だちに支えられすすり泣いている子までいて、いったい狼くんの魅力はどうなっているんだ、と歩いているだけで気が遠くなった。

それなのに当の本人は、そんな周囲の状況にまるで興味がないようで、相変わらずけだるげにあくびをしている。

ただ、つないだ私の手はしっかりと握り、離してくれる様子もない。

私が特別だ、と周囲に見せつけているんだ。

必要だから手を繋いでいるだけ。

そう自分に言い聞かせていると、胸のモヤモヤがチクチクに変わる。

こんな気持ちになるのははじめてのことで、自分で自分

がわからない。

　私はいったい、どうしちゃったんだろう。

「仁葵」

　送迎の車に乗るために1階に降りた私たちを、ロビーで剣馬が待ち構えていた。

　狼くんを見て一瞬彼を睨んだけど、すぐに私に向き直り、不機嫌そうに「お客さまだ」と告げる。

「お客さまって……私に？」

　まさかおじいちゃんじゃ、と身構える。

　でも狼くんが私の手をしっかり握って「大丈夫」と声をかけてくれたから、逃げたかったけどなんとか踏みとどまれた。

　剣馬に促され応接室に向かうと、そこで待っていたのは厳（いか）めしい顔のおじいちゃんではなく、やつれた顔をしたお母さんだった。

「仁葵！」

「お母さん……」

「もう、心配したのよ。あんな遅い時間に家出するなんて。連絡はつかないし、何かあったんじゃないかって気が気じゃなくて。ああ、無事でよかった」

　私を抱きしめながら、安堵（あんど）のため息をつくお母さん。

　その腕の強さに、どれだけ心配してくれていたのか伝わってきて、申し訳ない気持ちになった。

　あのときは絶対にお母さんは味方になってくれないだろうって、相談しようともしなかったし。

　何かひとことくらい伝えればよかったかな。

　そうは思うけど、家出したこと自体に後悔はないし、いまさら帰るつもりもない。

「ごめんねお母さん。でも私、本気だから」

「お見合いがイヤという気持ちがわからないわけじゃないのよ。でもそれ以上に心配だわ。あれからいったいどこにいたの？　本間さんのところじゃないでしょう？」

　やっぱり寧々子ちゃんのところに行っていないことは知られていたんだ。

　でも正直に話して家に連れ戻されても困るし……どうしよう。

「俺のところです」

　当然のようについて来てくれた狼くんが、一歩前に出てそう言った。

　目をまるくするお母さんと、私も一緒になって驚く。

　そんなはっきり言っちゃって良かったの？

「あなたは……」

「仁葵さんと同じクラスの、飛鳥井狼といいます」

「飛鳥井？　じゃああなた、欧州局長の？」

　お母さんは狼くんをまじまじと見て、それから感心したようにほうっとため息をついた。

「以前何かのパーティーでお会いしたことがあるはずだけど、覚えていらっしゃるかしら。とても雰囲気が変わられたのね。当然よね。もう高校生なんだもの」

「もちろん覚えています。奥さまはお変わりないようで、

あの頃と変わらずおきれいで驚きました」

　なんてリップサービスを、塩対応に定評のある完璧王子が口にするなんて思いもしなかった。

　剣馬がうさんくさそうというか、不愉快そうに狼くんを睨んでいる。

「お上手ね。それで……どうしてうちの娘が、飛鳥井くんのお宅に？」

「週末の夜、怪しい男に絡まれている彼女を保護しました」

「怪しい男だと？　仁葵！　やっぱり危ない目に遭ってたんじゃないか！」

　カッと目を見開いて、剣馬が私の腕をつかもうとした。

　でもその手が届く前に、狼くんが私を守るように抱き寄せた。

「俺の彼女に許可なく触らないでくれる？」

「ろ、狼くん……」

　お母さんが目の前にいるんですけど……。

　表情を険しくする剣馬の横で、お母さんが「あらまあ」というように口に手を当て驚いている。

　興味津々といった顔で目をキラキラさせるお母さんは、私と狼くんの関係にはしゃいでいた、クラスの女の子たちみたいだ。

「もしかして、ふたりはお付き合いをしているの？」

「はい。ご挨拶が遅れて申し訳ありません。仁葵さんとお付き合いをさせてもらっています」

「そうなの〜！　だから仁葵、家出なんてしたのね？」

「う、うん。そういう感じ、かな？」

　お母さんは少女のように頬を染めながら、それなら仕方ないわねと言った。

　予想外の反応に、お母さんをまじまじと見る。

　剣馬もギョッとしたようにお母さんを見たけど、お母さんは気付いていない。

「好きな人がいるなら、お見合いなんてしたくないものね」

「お母さん、わかってくれるの？」

「もちろんよ。でもおじいちゃんはそれくらいじゃ、納得しないとも思うわ」

「う……。やっぱりそうだよね」

　さすがにおじいちゃんは、そんなに簡単に説得できる相手じゃないことはわかってる。

　あくまで狼くんの存在は、おじいちゃんにお見合いをあきらめさせるカードのひとつくらいに考えておかないと。

「私が何か言ったところで、頑固なおじいちゃんが考えを改めることもないでしょうしね。でも、お母さんは仁葵を応援するわ」

「青葉さん！　話がちがうじゃないですか！」

「ごめんなさいねぇ、剣馬くん。でも母親としては、仁葵の気持ちを大事にしたいのよ。わかってくれるかしら？」

「でも、仁葵は……」

　剣馬はちっとも納得できないという顔をしながらも、お母さんには逆らいにくいのか、ぐっと言葉を飲みこんだようだった。

　私には偉そうにあれこれ言うくせに、やっぱり剣馬は花岡という家が第一なんだ。
「じゃあ仁葵さんが俺の家にいることを、お許しいただけますか？」
「ええ。というか、こちらからお願いすべきね。しばらく娘を預かっていただけるかしら。なんとか私のほうでもお見合いを回避できるよう、手を尽くすので」
「もちろんです。ご安心ください。仁葵さんのことは命に代えても守りますので」
　狼くんとお母さんとのやりとりを聞いていた私は、顔が熱くなった。
　命に代えても守るって、なんだかプロポーズの言葉みたいで。
　そういうつもりで言ったんじゃないとわかっていても、ドキドキしてしまう。
「仁葵。素敵な子を捕まえたわね〜」
　ホクホク顔でお母さんがそんなことを言うから、余計に顔が熱くなってのぼせてしまいそうだった。

　応接室を出て、エントランスまでお母さんを見送ることにした。
　お母さんは車に乗りこむとき、おじいちゃんの説得を試みると約束してくれて、はじめて味方になってくれたことに胸に温かいものが広がった。

「まあ、あまり期待はしないでほしいんだけど」

「わかってるよ。ありがとう、お母さん」

　家出中の資金も援助してくれることになった。

　おじいちゃんに何か動きがあれば、それも教えてくれると聞いてほっとする。

　支えてくれる家族がいるって、それだけで心強いことなんだな。

　お母さんの乗りこんだ車が走り去っていく。

　剣馬は車に向けて深く下げていた頭を上げると、真っすぐに、射抜くように私を見た。

「仁葵。俺は反対だ」

「剣馬……まだそんなこと言うの？」

「いくらでも言うさ。この前までたいして会話もしたことのない、ただのクラスメイトの男の家に住むなんてありえないだろ」

　じろりと睨む剣馬にも、狼くんは少しも怯む様子がなく、マイペースに首をかしげ私の手を握った。

「でも、いまはもう仁葵ちゃんの彼氏だよ」

「……俺は認めてない」

「別に三船に認められる必要はないからね」

　バチバチと、ふたりの間に散る火花が見える。

　剣馬はたぶん、狼くんだから反対しているわけじゃない。

　狼くん以外の男の子でも誰でも、関係なく反対するんだろう。

　おじいちゃんと一緒で、私が何の相談もなく勝手に彼氏

を作ったこと自体が許せないんだ。

「そうだよ。剣馬には関係ないことだもん」

「仁葵。本気で言ってるのか」

「ほ、本気だよ。だから剣馬には私たちのことを邪魔する権利なんてないんだからね」

　私の強気な発言に、剣馬の眉間がぐぐぐっと寄る。

　人ひとり呪い殺せそうな顔つきに、思わず狼くんの陰に隠れた。

「……どうせ、見合いがイヤだから、恋人ができたことにして破談にしようとしてるんだろ」

　ギクリと体が強張る。

　幼なじみが鋭すぎて怖い。

　私の考えていることは、全部お見通しだと言われているみたいだ。

「それでたいして知りもしない男の家に逃げるなら、俺の家でもいいだろ」

　剣馬は感情を押し殺すような低い声で言ったけど、なぜかそのとき私には、拗ねているように聞こえた。

　小さい頃の、まだ可愛かった剣馬がだぶって見えたのだ。

「……で、でも。剣馬の家にはルポもいないし」

「ルポ?」

「狼くんが飼ってる猫。もう、めちゃくちゃ可愛いの! 最高の癒やしなの!」

「お前……まさか猫につられて決めたのか。ずっと猫飼いたがってたもんなあ?」

　しまった、と口を押さえたけどもう遅い。

　そうだった。剣馬は私が猫を飼うのを夢見ていたことを知っている。

　おじいちゃんに許してもらえなくて、「猫いいなあ」と日々剣馬に不満を漏らしていたから。

　横で狼くんが手で目を覆うのがわかった。

　うう、ごめんなさい。

「猫くらい、俺も飼ってやるからうちに来い」

「ね、猫は好きだけど！　猫が好きだから狼くんと同棲するわけじゃないもん！」

　ほんとはかなり、ルポとの生活に魅了されて決めたんだけど。

　でもそれだけが理由じゃないというのは、嘘じゃないし。

「くそ……ふざけるなよ」

「剣馬……？」

「悪いけど」

　なんだか剣馬の様子がおかしくて、どうしたのと声をかけようとしたけど、それを遮るように狼くんが私を後ろへと追いやった。

　剣馬の姿を見せたくないとでもいうように、広い背中が私の視界をふさぐ。

「三船の出番はないよ。仁葵ちゃんを守るのは、彼氏である俺の役目だから」

　そのまま狼くんに手を引かれ、車に乗りこんだ私たち。

　剣馬はその場で立ち尽くし、走り出した車をずっと険し

い顔で見送っていた。

　夜、シャワーを浴びてリビングに戻ると、狼くんの姿がなかった。
「ルポ。狼くんは？」
　ソファーで丸まっていたルポになんとなく声をかける。
　もちろん返事をもらえるとは思っていなかったんだけど、ルポはおもむろにソファーを飛び降りると窓へと歩み寄った。
　ナアウ、と窓の前でルポが鳴く。
　半信半疑でカーテンめくると、バルコニーに彼の後ろ姿を見つけた。
　ルポは天使なうえに、ものすごくかしこかったらしい。
　ありがとう、と小さな頭を撫でてから窓を開けた。
「狼くん。夜景を見てるの？」
「ん？　ちょっとね」
　手すり壁に寄りかかる狼くんの隣りに立つ。
　繁華街のネオンの明かりは、夜を挑発するかのようにまぶしくて、面白い。
　自分の家にいても絶対に見られない光景は、すべてが目新しく映ってわくわくした。
「仁葵ちゃん。下見てごらん」
「下？　何も見えないけど、何かあるの？」
「そこの角に停まってる車、花岡さんちのじゃない？」

「えっ!? ……ほ、ほんとだ」

　真っ黒なセダンを見つけて、苦い物が口の中に広がる。

「どうしてうちの車が……」

「俺のとこにいるのがわかったからじゃない?　三船はいないみたいだけど」

　居場所が判明したから、隙を見て連れ戻そうとしてるってこと?

　おじいちゃんの厳めしい顔が脳裏に浮かぶ。

　やっぱりおじいちゃんはおじいちゃんだ。

　私はリビングからスマホをとってきて、家の車を睨みながら電話をかけた。

　3コールめで相手が出た瞬間「いい加減にして!」と叫んだ。

「どこまで監視するつもりなの!?　飛鳥井くんのマンションに寄越した人間を下がらせて!」

「仁葵ちゃん」

「私、帰らないから!　おじいちゃんがお見合いをあきらめるまで、私を自由にしてくれるまで、絶対ぜーったい、帰らないんだから!」

　自分の言いたいことだけ言って、おじいちゃんが何か言う前に通話を切った。

　ただ電話をかけただけなのに、興奮したせいか終わったときには息が切れていた。

　ああ、だめだ。

　せっかく離れられたのに、まだおじいちゃんに振り回さ

れてる。

　情けないし恥ずかしくて、狼くんの顔が見られない。

　あんな風に取り乱して、きっとあきれてるよね。

　ため息をつきながら下を見る。

　まだ黒い車に動く様子はない。

　おじいちゃんが私の意見を素直に受け入れるなんてこと、あるわけないか。

「仁葵ちゃん」

「ごめん、狼くん。恥ずかしいところ見せちゃって……」

「怒るのは、別に恥ずかしいことじゃないよ。それより、たぶん仁葵ちゃん勘ちがいしてるんじゃないかと思って」

「勘ちがい……？」

　狼くんは車を指さして「あれは監視じゃないと思う」と言った。

　どういうこと？

　花岡の人間を寄越して、私を連れ戻そうとしてるんじゃないの？

「監視じゃなくて、護衛じゃないかな。いままで三船がずっと一緒だったけど、いまはいないわけだし。家出は許しても、仁葵ちゃんの周りの警備が薄くなるのは許せなかったんだろうね」

「じゃあ……車に乗っているのは、ただのボディーガード？」

「たぶん。仁葵ちゃんは本当に大事にされてるね」

　狼くんに優しくなぐさめるように言われても、正直嬉し

いとは思えなかった。

　そのせいでずっと、私は息苦しい思いをしてきたんだから。

　黙りこむ私の頭を、ひんやりとした手がそっと撫でてくれる。

「おじいさんは、仁葵ちゃんを愛してるよ。ただ、その表現のし方がまちがってるだけで。その愛は本物だと思うよ」

　私だって……私だって、おじいちゃんのことが嫌いなわけじゃない。

　おばあちゃんが早くに亡くなっているのもあって、おじいちゃんにはうんと長生きしてほしいと思ってる。

　そして、もっと普通の、仲良しな祖父と孫の関係になりたいとずっと思っていた。

　私がおじいちゃんのことを理解できないのと同じように、おじいちゃんも私のことが理解できないのかもしれない。

　せっかく家族なんだから、もっと歩み寄れたらいいのに。

「大丈夫だよ。なんとかできるさ」

「狼くん……ありがとう」

　背中からふんわり抱きしめられて、狼くんの体温を感じながら、すんと鼻をすすった。

　狼くんが一緒にいてくれたら、本当になんとかできるような気がしてくるのはどうしてなんだろう。

「さて、じゃあデートしようか」

「……ん？」

「せっかく仁葵ちゃんの親御さん公認の仲になれたんだから、これから堂々とデートできるでしょ。仁葵ちゃんはどこに行きたい？　ショッピング……は、行ったばっかりか。映画は？　それとも遊園地？　水族館？　いっそのこと海外でもいいよ」

　どこにだって連れて行ってあげる。

　歌うようにそう言われて、なんだかおかしくて笑ってしまった。

　さっきまでおじいちゃんのことでイライラして落ちこんで、自己嫌悪にため息もついていたのに。

　学校では塩対応の完璧王子は、家ではこんなにも私を甘やかしてくれる。

　家出した夜に私を拾ってくれたのが狼くんで、本当によかった。

「遊園地がいいかなあ。あの海の近くの。実は行ったことないんだ」

「では週末にお連れしましょう、お姫さま」

　キザっぽく言って、私の頭にキスをひとつ落とした王子様。

　思わず頬が熱くなるのを感じ、彼の腕に顔をうずめる。

「狼くん、海外でもすっごくモテてたでしょ……」

「全然？　そんなことないよ」

　絶対嘘。

　彼の甘い愛を味わった人が他にもいるかと思うと、モヤモヤが膨らみすぎて、胸が潰れそうだった。

デートは
外で待ち合わせるべし

　放課後、教室を出ると、廊下で他のクラスの女子たちに囲まれる狼くんを見つけた。

　一緒にエントランスまで行こうとしていた寧々子ちゃんが「飛鳥井さんは本当におモテになりますね」と感心したように言う。

　後ろにいたお友だちも、みんなうんうんとうなずいていた。

　その通りなんだけど、モテすぎて困ってると本人から聞かされているから、同意しにくいなあ。

　クラスメイトの女の子たちは狼くんの魅力に慣れつつあるのか、それとも塩対応すぎて心が折れてしまったのか、いまは彼に近づこうとする子はほとんどいない。

　でも他のクラスの子たちは別だ。

　教室がちがう分、なんとか狼くんとお近づきになろうと必死だったりする。

　隙あらば声をかけたり、わざと彼の前で落とし物をしたり、ぶつかってみたり。

　とにかくあの手この手を使って狼くんの気を引こうとしている。

　少し前までは、狼くんを怖い人だろうと思って避けていたから、彼の置かれた状況なんて気付きもしなかった。

　学園内でだけでも相当疲れる生活を強いられていると思うのに、外ではストーカーやSNSなど気をつけなければいけないことがたくさんだなんて、私なら耐えられない。

　モテすぎて困ってる、という彼の言葉は大げさでも何で

もなかったのだ。

「モテるって、ものすごく大変なことなんだね」

「まあ。仁葵ちゃんだって他人事ではないでしょう？」

「え？　私？　私は全然モテないから、思い切り他人事だよ？」

「ああ……そうでしたね。仁葵ちゃんにはずっと三船くんがついていましたから、周りが仁葵ちゃんをどう見ているかがあまり伝わっていないんでした」

　ん？　どういうこと？

　確かに剣馬はずっと私のそばにいたけど、いまの話と関係ある？

「仁葵ちゃん。よく聞いてくださいね？」

「う、うん？」

「仁葵ちゃんは、とってもおモテになるんですよ？」

　真剣な顔で何を言うのかと思ったら、ありえないことすぎてつい吹き出してしまった。

「もう、寧々子ちゃんたら何言ってるの〜！」

「何言ってるの〜、じゃありません！　本当ですよ？　いままでは三船くんが壁になっていて、男性が仁葵ちゃんに近づけなかっただけで、仁葵ちゃんに憧れている方はたくさんいらっしゃるんです」

「そんなまさか。私、全然モテないよ？」

「まさか、ではなく事実です。ねぇ皆さん？」

　寧々子ちゃんが同意を求めると、みんな「その通り」「気づいていないのは本人だけね」と強くうなずくから驚いた。

　だってそんな風に感じたこと、これまで一度もなかったから。

　デートに誘われたこともないし、告白されたことだってないのに。

　戸惑っていると「ごめん、通っていいかな」とクラスの男子たちが私たちに声をかけてきた。

　私たちが入り口をふさいでしまって、通れずにいたみたい。

「あ、ごめんなさい。気づかなくて」

「いいんだ。また明日ね」

「さよなら」

「花岡さんも、またね」

「ええ。さようなら」

　ニコニコと笑顔で去っていくクラスメイトを見送ると、寧々子ちゃんたちが「ほらね」と言った。

　ほらねって、何がほらね？

「私たちのクラスの男の子たちは、仁葵ちゃんにとてもフレンドリーでしょう？」

「確かにそうだけど……」

「三船くんが教室にいないから、仁葵ちゃんに話しかけるチャンスが他のクラスの男の子より多いんです」

「そうそう。うちのクラスの男子は、それでうらやましがられているのよね」

「教室の外では常に三船くんが仁葵ちゃんに男性が近づかないよう見張ってますから」

「教室ではその鉄壁のガードがないものね」

「特権みたいなところあるわね」

　私に話しかけるのが特権？　そんなバカな。

「モテるという点で飛鳥井くんと立場は似ていますけれど、彼とちがうところは、仁葵ちゃんにはボディーガードの三船くんがいることです」

「四六時中守られているものね～」

「知ってる？　三船くんも人気あるのよ？」

「えっ。剣馬が？」

「仁葵ちゃんを守る姿が騎士（ナイト）みたいで素敵って。まあ、仁葵ちゃん以外、目に入らないところが難点ですが……」

「王子と騎士を夢中にさせる仁葵ちゃんはさすがね」

「鳳学園のお姫さまだものね～」

　みんなに言われて、ますます困惑してしまう。

　私がモテる？　でも狼くんみたいに大変な思いをしていないのは、剣馬がずっと守ってくれていたから？

　それ、本当なのかな。

　本当だとしたら、剣馬のことをずっと口うるさい監視役だと鬱陶しがっていた私って……と、少し落ちこんでしまう。

　狼くんの苦労を知ってしまったから、剣馬に感謝しなくちゃいけない気持ちになった。

　かといって、剣馬の言うことを聞いて家に帰るのは絶対にイヤだけど。

　ちらりと狼くんのほうを見ると、彼は話しかけてくる女

の子たちの声などまるで聞こえていないかのような顔で、
つんとそっぽを向いている。

　さすが、塩対応で有名な完璧王子。

　家にいるときはびっくりするくらい甘く微笑んだりする
んだけどな。

「きゃ！　飛鳥井くんが笑ったわ！」

　そうそう、ちょうどあんな感じで……え？

　廊下にいた女子生徒たちの黄色い声で我に返る。

　みんなの視線の先では、確かに狼くんが微笑んでいた。

　それも、私に向かって。

「仁葵ちゃん！」

　さっきまでの無表情はどこへやら。

　背後に舞う花が見えるような笑顔に、一瞬目が眩んだの
はきっと私だけじゃないだろう。

　囲んでいた女の子たちには目もくれず、私に駆け寄って
くる狼くん。

　背後の寧々子ちゃんたちが、きゃあきゃあと嬉しそうに
はしゃぎだす。

「仁葵ちゃん、準備できた？」

「う、うん。待たせちゃったみたいでごめんね？」

「全然待ってないよ。じゃあ帰ろうか」

　ごく自然に私の腰を抱く狼くんに、演技だとわかってい
ても赤面しそうになる。

　これはあえて周りに見せつけるためにやってるんだか
ら、私が動揺してどうするの。

「あの塩対応の完璧王子がデレてるわ」

「本当に仁葵ちゃんにメロメロみたいですね」

「ふしだらだわ～！」

　冷静に、と思ったのに、後ろから寧々子ちゃんたちの会話が聞こえてきて、恥ずかしくて結局顔が熱くなってしまった。

　確かに私をエスコートする狼くんは、普段は見せない色気みたいなものが溢れ出てるけど！

　みんなが想像するようなふしだらなことなんて……いや、同じベッドで寝るのはふしだら？

　で、でもでも狼くんがベッドにもぐりこんでくるだけで、何もないし！

　ひとりで考えこんでいると、狼くんがくすりと笑うのが聞こえてハッとした。

「どうしたの仁葵ちゃん。照れてるの？」

「ち、ちが……」

「照れてる仁葵ちゃんも可愛いね」

　塩対応どころか砂糖でたっぷりコーティングしたような甘いセリフに、寧々子ちゃんたちが興奮したように騒いでいる。

　これ、演技っていうか、私をからかって遊んでるんじゃない？

　演技とわかっていても恥ずかしくなってしまう、私の反応を見て面白がっているような。

　じとりと狼くんを見たとき「あの……！」と彼の後ろか

ら声が上がった。

　さっき狼くんを取り囲んでいた女の子たちが、思いつめたような顔で私たちを見ていた。

「何？」

　とたんに表情を消して冷たい声を出す狼くんに、女の子たちだけじゃなく私もちょっとビクッとしてしまう。

　すぐになだめるように肩を抱かれたけど、狼くんのこのギャップには慣れそうにない。

「あ、あの……！　飛鳥井くんと花岡さんは、その」

「つつつ」

「つ、付き合ってるんですか!?」

　涙目で、必死な様子で問いかけてくる子たちを見て、胸に罪悪感が生まれる。

　この子たち、狼くんに本気なのかな。

　本気で彼に恋をしているのかな。

　私はそんな彼女たちを、騙している。

　狼くんとの約束があるとはいえ、心が痛い。

　私が何も言えず固まっていると、何を思ったのか狼くんが頭に軽くキスを落としてきた。

「うん。付き合ってる」

　彼女たちだけじゃなく、周りからも小さな悲鳴が上がる。

　また見せつけるようなことをして……。

　ちょっとあきれたけど、するりと繋がれた手にときめいて文句は言えなかった。

「うう……お似合いです！」

「誰のものにもならない飛鳥井くんだからこそ、みんなの
飛鳥井くんだったけど……」
「花岡さん相手ならあきらめもつきます～っ」
　そんなことを言うと、彼女たちはわっと泣きながら廊下
を走り去って行った。
　え……なんだか、思ってたのとちがう？
　もっとこう「泥棒猫！」とか「調子に乗ってるんじゃな
いわよ！」なんてなじられるのも覚悟していたのに。
　呆然と彼女たちを見送っていると、狼くんにそっと促さ
れた。
「行こう、仁葵ちゃん」
「うん……。みんな、また明日」
　振り返って言うと、寧々子ちゃんたちも「またね」「い
ろいろ聞かせてね」と笑顔で見送ってくれた。
　みんなの顔が赤く見えたのは、気のせいだろうか。
　ぼんやりとさっきの子たちの反応を思い出しながら歩い
ていると、そっと狼くんに手を握られた。
「仁葵ちゃん、どうしたの？　何か気になる？」
「あ……。ええと、なんていうか、意外だなと思って。もっ
と恨まれたりすると思ってたから」
　狼くんはくすりと笑い、私の手をぎゅっと握り直した。
「だから言ったでしょ。仁葵ちゃんに文句を言うような人
は、たぶんいないって」
「でも、どうして？　私たち、付き合うそぶりも全然なくて、
急なことだったのに」

「仁葵ちゃんに勝てるとは思えなかったからじゃない？」

　勝てる？　いったい何で？

「私、ケンカなんてしたことないよ？」

　人を殴ったり蹴ったりなんてしたことは一度もないし、格闘系のスポーツも痛そうでとても見られないくらいだ。

　剣馬は将来を見据えてたくさんの格闘技を習っていたけれど、その練習風景をのぞき見ただけで倒れそうになったことをよく覚えている。

　私は本気で言ったのに、狼くんは小さく吹き出した。

「ケンカか！　それは俺もしてほしくないなあ。仁葵ちゃんにはケガさせたくないし」

　肩を震わせてまで笑う狼くんは珍しくて、その顔をまじまじと見てしまう。

　普段無表情に近い狼くんだからこそ、こういう表情の変化がまぶしくて目が離せなくなる。

「勝てるっていうのは、力は関係なくて。家柄や見た目だったり、能力だったり、人柄だったりだよ」

「……私、そんな出来た人間じゃないよ。家柄だけはそれなりでも、それは私が自分で手に入れたものでもなんでもないし」

「そう？　家柄もまた、その人の一部だよ。人ってみんな、たくさんのもので構成されてるんだから」

　花岡家、というネームバリューも私の一部？

　狼くんの言葉でも、すんなりと受け入れることはできなかった。

　だって私はたまたま花岡の家に生まれただけで、私自身が努力して手に入れた立場じゃないから。

　好きで花岡の家に生まれたわけでもない。

　おじいちゃんへの反発心から、そんな風に思ったりもする。

「納得できない？」

「……正直、あんまり。だって良い家に生まれたからって、私がすごいわけじゃないもん」

「そうだね。でもだからといって簡単に捨てようとするのも無責任だと俺は思う」

　無責任？　花岡の子じゃなければ、と思うことは無責任になるの？

　狼くんの言葉に傷ついて、何も言えなくなる。

「人間に生まれた瞬間から、家柄でも容姿でも能力でも何でも不平等だよ。でも家柄や容姿が優れているからといって幸せとは限らない」

　それはなんとなくわかった。

　私は花岡家に生まれたことで悩みは尽きないし、狼くんはかっこ良すぎて日常生活にも困っている。

「もちろん逆も同じだ。だからそういう理不尽さを受け入れて、その上で自分ってものを確立していけたらいいよね」

　狼くんの言っていることは少し難しくて、完全に自分の中で消化できるようになるまでは時間がかかりそうだった。

　でももう少しで何か、つかめそうな気がする。

「狼くんはすごいね。そんな難しいことを考えられるなんて」

「俺は別にすごくないよ。でも、仁葵ちゃんにすごいって言ってもらえる人間にはなりたいかな」

「じゃあもうなってるよ！」

　狼くんのことを、ものすごく大人に感じて心からすごいと思ったからそう言った。

　でも私の言葉に、狼くんはまだまだ、と少し遠くを見るように呟くだけだった。

　それからしばらく平和だった。

　剣馬に問答無用で家に連れ戻されることも、狼くんファンに囲まれて「身のほど知らず！」と罵られることもなく、狼くんの家と学校を行き来する生活は、穏やかで満ち足りていた。

　ルポとたわむれてゴロゴロしながら、ずっとこうしていたいなあと思ってしまうくらい。

　狼くんとルポのおもちゃを買いに出かけても、知らない女性に声をかけられることもなく、私のおかげだと狼くんも嬉しそうだった。

　これまで本当にモテすぎて大変だったんだなあと、彼の喜ぶ顔を見てしみじみ思った。

　私が隣にいたからか、盗撮されてSNSに晒されることもなく、本当に平穏で楽しくて。

　狼くんと同じベッドで寝ることに慣れてきたくらい、同棲生活を満喫していた私は、頭に引っかかっていたこともすっかり忘れてしまっていた。

「仁葵ちゃん。はい、あーん」

　学校の食堂で、当たり前のような顔をして私にケーキの乗ったフォークを向けてくる狼くん。

　その活き活きとした表情に、周りの生徒がざわつくのがわかった。

「ろ、狼くん。さすがに恥ずかしいよ……」

「えー。気にすることないのに」

「狼くんはもうちょっと気にしたほうがいいと思う」

　恥ずかしくてうつむく私に狼くんが「そう？」と笑ったとき、テーブルに置いていた彼のスマホが震えた。

　そこに表示された文字を見てしまい、後悔する。

　【美鳥】からの着信だっただった。

　消えかけていた記憶の欠片が、棘になって胸に突き刺さる。

　狼くんはスマホを手に取ると、一瞬眉をひそめて立ち上がった。

「ごめん仁葵ちゃん。ちょっと電話に出てくる」

「気にしないで。もう食事はほとんど終わってるし」

「いや、ごめん。先に戻っててもいいからね」

　私の頭を撫でてそう言うと、狼くんはスマホを手に早足で食堂を出ていった。

「なんか、子ども扱いされてるみたい……」

　ひとりになると、胸に刺さった記憶の棘が大きくなった気がしてため息をつく。

　なんとなく、電話をしている狼くんを待っていたくなくて席を立った。

　歩きだすと、ごく自然に剣馬が横についていた。

「教室に戻るのか？」

「剣馬。ずっと見てたの？」

「それが仕事だからな。で、戻るのか」

「うん」

　心得たというように、剣馬が人混みから私を守るようにして歩く。

　狼くんと同棲する前は、これが普通だった。

　ちょっぴり懐かしくてほっとすると同時に、小さな寂しさも生まれる。

「飛鳥井は？」

「……電話しに行った」

「そうか。……本当にあいつ、信用できるのか？」

　食堂を出て廊下を進むと、剣馬がそんなことを言いだすので思わず足を止めた。

「どういう意味？」

「止まるな。邪魔になる。……どう考えても怪しいだろう。家出したお前の前に都合良く現れ、助けること自体がまず怪しい」

「それはたまたまで……」

「たまたま同じクラスの男がそこにいる確率はどれくらい

だろうな？」

　この意地の悪い話し方、実に剣馬らしい。

　でも確かに確率は、なんて言われると都合が良すぎたような気がしなくもないような。

「何より、新造さまが静観しているのが一番怪しい」

「え？　おじいちゃん？」

「あの過保護で過干渉な新造さまが、仁葵が同級生の男の家に入り浸っているのに何も言わないなんて、ありえないだろ」

「うーん。それはどうかなあ……」

　たぶんおじいちゃんは、私にあきれ果てたんだと思う。

　あんな風にケンカをして家を飛び出して、男の家に転がり込んだ孫に、心底がっかりしたんじゃないのかな。

　それか、すぐに泣きついてくるだろうと放置した手前、いまさら口出ししにくいとか。

　おじいちゃん、意地っ張りだし。

「とにかく俺は、あいつは怪しいと見てる。お前のことを騙してるんじゃないかってな」

「まさか。狼くんはそんな人じゃないよ。騙すなんて……」

「わかってる。何の証拠もなければ、世間知らずでお人よしのお前に、誰かを疑えなんて言ってもムリだろ」

　何年付き合ってると思ってるんだ、と言われて言葉に詰まる。

　赤ちゃんのときから一緒にいる剣馬は、私よりも私のことをよくわかっているのかもしれない。

「だからこれだけは忠告しておく。あいつにあんまり心を許すな」

　私の教室の前で足を止めた剣馬は、振り返るなり真剣にそう言った。

「心……」

「もちろん体もだぞ」

「か、体って」

　体を許すなって、どこまで？

　いやらしいことなんてもちろんしてないけど、膝の上に座らせられたり、後ろから抱きしめられたり、同じベッドで眠ったりっていうのは、体を許したことになるのかな？

　そんなこと幼なじみに聞けるはずもなく、恥ずかしくて顔が熱くなる。

「お前……まさかもう──」

　恐い顔の剣馬に壁際に追い詰められる。

　逃げ場がなくなると、ドンと顔の横に手をつかれた。

　と、閉じ込められた……！

「仁葵、あいつと何をした」

　もう少しでキスしてしまいそうな顔の近さにギュッと目をつむる。

「ち、ちがうよ！　剣馬が想像してるようなことなんて何もしてないよ！」

「俺が何を想像したかわかるのか？　わかるようなことをしたからか？」

「してないってば！　剣馬のバカ！　変態！」

「心配してやってるんだろうが！　ったく。あのナンパ野郎にかかれば、お前を言いくるめて体を開かせるなんて簡単だろうよ。……やっぱりだめだ。俺のところに来い」

「やだってば！　そんなこと言って、家に連れて帰る気でしょ！」

　剣馬の胸を押して囲いから逃げる。

　いくら私でも、その手には乗らないんだから。

　そのまま教室の前で言い合いをしていると、不意に後ろから抱きしめられた。

　驚いて振り返ると、怖い顔をした狼くんがそこにいた。

「俺がいない隙に仁葵ちゃんに近づかないでくれる？」

　狼くんの言葉に、剣馬の眉がぴくりと動く。

「仁葵に近づくのに、お前の許可なんているわけないだろ」

「俺の彼女なんだけど」

「寝言は寝てから言えと言ったはずだ」

　廊下に突然ブリザードが吹き荒れたようで、その場から逃げだしたくなった。

　ふたりとも怖い。近くにいた生徒もみんな遠巻きにして、震えながらこっちを見ている。

　緊張状態に耐え切れなくなり、私は勇気を振りしぼりふたりの間に立って大きく腕を広げた。

「ストップ！　ふたりとも、ケンカは絶対だめだからね！」

「仁葵ちゃん」

「お前は引っこんでろ」

「引っこまない！　もう昼休みも終わるし、教室戻ろ。先

生に怒られちゃうよ」

　とりあえず、剣馬の体をぐいぐい押して、自分の教室に
戻るように促す。

　剣馬は狼くんを睨んでいたけど「俺は認めても許しても
ないからな」と捨て台詞を言って去っていった。

　いまのは私に対して言ったのか狼くんに言ったのか。

「ごめんね、狼くん。剣馬、悪いやつじゃないんだよ？
本当に私のことを心配してああ言ってるだけで——」

「あいつをかばうの？」

「え……ちょ、ろ、狼くんっ」

　正面から私を抱きしめる狼くんは、怒っているような悲
しそうな顔で見下ろしてくる。

　くいっとあごを指で押し上げられ、至近距離で見つめ合
うことになってしまった。

　まだ廊下には生徒がいっぱいいるのに！

　まさかこれも、私たちの仲を見せつけるパフォーマンス
なの？

「仁葵ちゃんは、俺より三船を信用するの？」

「そ、そういうわけじゃ、ないけど」

「あいつに何言われたの？　帰ってこいって？　俺と別れ
ろって？」

「狼くん、とりあえず一旦離れようよ」

「だーめ」

「そんなぁ……」

　でもこんな状態を大勢に見られるなんて、恥ずかしすぎ

て耐えられない。

　ああ、教室からもこっちをのぞきこんでる子たちが見え
るし。

「もうムリ。離してよ〜」

「うーん。じゃあ仁葵ちゃんがちゅーしてくれたら離して
あげる」

「もっとムリだよ！」

「じゃあ先生が来るまでこのままだね」

　何で急にそんなにイジワルになるの？

　いつもはもっと優しいのに。

　ちょっと強引でも、私が嫌がることはしないのに。

　何だか腹が立って、もうどうにでもなれ！と狼くんのネ
クタイを引っ張った。

　降りて来た彼の頬に、ぶつけるみたいにキスをする。

　あちこちから悲鳴が上がったけど、もう知らない。

「はい！　これでいいでしょ！」

　恥ずかしさを誤魔化すように怒ってみせる。

　狼くんは頬を押さえてぽかんとしていたけど、すぐに泣
き笑いみたいな顔になって、また私を抱きしめてきた。

「ちょ、ちょっと狼くん！」

「はは。仁葵ちゃんサイコー。ますます惚れちゃうね」

「意味わかんないよ！　離して〜！」

　結局先生が来るまでそうやって狼くんに、構い倒されて
しまった。

　本当に、男の子ってわからない。

　次の日は口うるさいボディーガードがからんでくることなく、平和に過ごすことができた。

　ずっと剣馬のもの言いたげな視線は感じていたけど。

　逆に静かなほうが怖いなと思いながら迎えた放課後。

　狼くんにエスコートされ、迎えの車に乗りこむ。

　でもいつもならすぐに狼くんが隣に座るのに、今日はちがった。

「じゃあ、行ってください」

「えっ。ろ、狼くんは？」

「俺は別の車に乗るから」

　別の車って、別々に帰るってこと？

　いったいどうして。

　私、何か嫌われるようなことでもしちゃったのかな。

　不安になる私の頭を、狼くんが優しく撫でた。

「親公認になったことだし、デートしようって言ったでしょ」

「デート？　これから？」

「そ。せっかくだから、待ち合わせも味わっておきたいなと思って」

「現地集合ってこと？」

「その言い方だとなんか色気がないな……。まあいいや。行先は秘密。着いたらそこで待ってて。俺もすぐ行くから」

　そう言うと、狼くんは車を離れ軽く手を振る。

　ゆっくりと車が発進して、小さくなっていく彼を私は窓から見ていた。

「なんか……ちょっと寂しい」

　家出してからずっと一緒にいたから、物理的にこんなに離れるのははじめてかもしれない。

　彼が隣にいないとこんなに不安になるなんて。

　いつの間にか、心まで狼くんの彼女になってしまったみたい。

「私、大丈夫かなあ」

　（ニセ）のカレカノ関係が終わって、同棲も解消することになったとき、すんなり前の生活に戻れるだろうか。

　気づいたら一緒のベッドに寝ている彼。

　そのぬくもりを感じられない朝を、寂しいと思わずにいられるのかな。

「もしかして私、依存してきてる……？」

　浮かんだ考えにゾッとした。

　狼くんがいないとだめになっちゃったらどうしよう。

　私たちは本当の恋人同士じゃない。

　狼くんは、本当は私の彼氏じゃない。

　優しいのも甘いのも、全部演技。演技なんだ。

　ひとりきりの車の中で、私は必死に自分に言い聞かせた。

　車が停まったのは、海にほど近い場所にある駅だった。

　降りたとたん、かすかな潮の匂いを感じる。

　駅から出てくる人たちは、学生グループだったりカップルだったり家族連れだったりと様々で、みんな同じ方向に

向かって歩いていく。

　見覚えのあるキャラクターと同じ服を着ている小さい子どももいた。

「ここってもしかして……」

　私が行きたいって言っていた、海の近くの遊園地？

　遊園地で制服デート！

　ずっと憧れだったことができると思うと、不安なんて吹き飛んで、わくわくが止まらなくなった。

　狼くんは降りたところで待っていてと言っていたけど、本当にここで待っていてもいいのかな。

　目印になるような場所に移動したほうが、良くない？でも勝手に動かないほうがいいか。

　そわそわして落ち着かない。

　どれくらいで狼くんが来るのかもわからないし、連絡してみようかな。

「着いたよ。狼くんはあとどれくらいで着く？……と。わあ、なんかすごくデートの待ち合わせっぽい！」

　メッセージを送信してからそれほど経たずに、目の前に車が停まった。

　降りてきたのは、白とグリーンのブーケを手にした王子様だった。

「お待たせ、仁葵ちゃん」

　完璧王子の笑顔の破壊力といったら……！

　一瞬で周囲の視線を根こそぎ集めた狼くん。

　そのあまりのまぶしさに、私は彼を直視することができ

ない。

　狼くんと花束なんて、似合いすぎてもはや罪だ。

「仁葵ちゃん、どうしたの？　待ちくたびれた？」

「ぜ、全然待ってないよ。ちょっとサングラスがほしいなと思ったの」

「サングラス？　天気良いもんね。中のお店で買う？」

　むしろ狼くんが買ってつけたほうがいいかもしれない。

　少しは彼の輝きも抑えられるだろうし。

　いや、でもお忍び芸能人的なオーラが出てしまって、逆に目立ちそう。

「どうやったって目立っちゃう人って、世の中にいるんだよねぇ」

「何の話？」

「ううん、なんでも！　それより早く行こう！　あそこのパーク行くんだよね？」

「そうだよ。初の放課後デート、ここでよかった？」

「もっちろん！　ありがとう、狼くん！」

　自然と笑顔になってお礼を言うと、なぜかよしよしと頭を撫でられた。

　はしゃいじゃって、子どもっぽく見えたかな。

　狼くんは自然な動きで私の手をとると、入場ゲートに向かって歩きだす。

　指がからめられる。

　はじめて恋人繋ぎをされて、胸がきゅんとなった。

「混んでるから、俺から絶対に離れちゃだめだよ？」

「う、うん。でも私、子どもじゃないから迷子になんてな
らないよ」

「俺が迷子になるかもしれないでしょ？」

「狼くんが迷子になるの？」

「そうだよ。だから俺の手、しっかり繋いでいてね」

　お願いするように言われて、仕方なくうなずく。

　ずるいなあ、狼くんは。

　そんな言い方されたら、絶対離せないよ。

　パークの中に入ると、もうそこは絵本や映画、物語の世
界だった。

　びっくりするくらいの人の多さだけど、そんなことはど
うでもよくなるくらい、胸が躍るような世界観が広がって
いる。

　異国風の建造物が立ち並び、人垣の中心には有名なキャ
ラクターがいて、キラキラした音楽が流れ、いまにも走り
出したくなる。

　童心に帰るって、こういうことを言うのかなあ。

「狼くん！　まずはどこに行く？　パンフレットもらう？」

「パンフレットもらって、パスケースでも買おうか。仁葵
ちゃんは猫のね」

「えー？　じゃあ狼くんは犬のだね。それか、オオカミの
やつってあるかなあ」

　うきうきしていたら、近くでシャッター音がした気がし

て振り返った。

　知らない女の子たちが、狼くんに向かってカメラやスマホを向けている。

　狼くんのファンか、ストーカー？

「やばっ。かっこいー」

「芸能人？」

　あ、ちがう。ただ狼くんのかっこよさに見惚れただけの人みたいだ。

　本当に勝手に写真を撮られちゃうんだな。

「何かSNSで見たことあるかも」

「まじ？　声かける？」

「でも隣りにいるの彼女っぽくない？」

「うわ、彼女もかわいい！」

「でも声かけるくらいいーじゃん？」

　女の子たちが何か相談しながらこっちにじりじりと近づいてくる。

　私は慌てて狼くんをひっぱり、近くのショップに逃げこんだ。

　そこでお揃いのパスケースと、猫耳と犬耳のカチューシャも買った。

　狼くんはカチューシャをイヤがるかなと思ったけど、すんなりつけてくれた。

　「変じゃない？」と耳をいじっているけど、全然変じゃない。

　むしろ可愛さ五割増しでどうしようかと思ったくらい

だ。

狼くんは猫耳をつけた私をひたすら可愛い可愛いって言ってくれたけど、どう見ても可愛いのは狼くんだと思う。

このままだと、パークで狼くんのストーカーが大量発生してしまう気がしたから、意味があるかわからなかったけどサングラスも買った。

おそろいでつけたら完全に浮かれたカップルになっちゃって、鏡を見てふたりで大笑いした。

それからは、絶叫系アトラクションに挑戦して、キャラクターたちの楽しいショーを観て、味の選べるポップコーンも食べて、思いっきりふたりで満喫した。

狼くんと一緒だと、長い列に並ぶ時間も全然苦じゃなくて。

何をしていても楽しくて、笑いっぱなしだった。

たまにやっぱり狼くんを見てひそひそ囁いたり、スマホを向けてくる女の子たちはいたけど、囲まれたり声をかけられたりすることはなくてほっとした。

狼くんは「仁葵ちゃんのおかげ」って言ってたけど、私は何もしていないのに、役に立てたのかなあ？

「わあ……きれいだねぇ」

辺りが暗くなり、イルミネーションに彩られたフロート車と、大勢のキャラクターやダンサーたちによる煌びやかなパレードが始まった。

たくさんの人垣の中で、私たちはしっかりと手を繋ぎながら夢のような風景を楽しんだ。

　こんな風に普通のデートらしいデートができるなんて、少し前までは想像もしていなかったから、本当に夢みたい。

「……狼くん。デートに誘ってくれて、本当にありがとう」

「お姫さま、楽しんでいただけましたか？」

「はい、とても！」

　私の元気な返事にふと笑うと、狼くんはサングラスを外した。

　整ったきれいな顔が近づいてくる。

　色素の薄い狼くんの瞳に、パレードの明かりが映っている。

　それは実際のパレード風景よりも、何倍も美しく見えた。

「狼く──」

　唇の先が、ためらいがちに触れる。

　私の反応を確認するように、狼くんの宝石みたいな瞳が見つめてくる。

　目が離せずにいると、一度離れた唇がまた、すぐに下りてきて。

　今度はちゃんと、明確に触れるキスをされた。

　心臓が壊れそう。

　私いま、どんな顔してる？　きっと真っ赤で、みっともない顔をしてるはず。

　恥ずかしくて、ギュッと強く目をつむった。

　でも視界が暗くなると、唇の感触を余計にはっきり感じてしまい、はじめてのその感覚に震えた。

　宥めるように、狼くんが私の手を繋いだまま、指先でな

でてくる。

　くすぐったいような気持ちいいような、なんとも言えない感覚にさらに震える。

　そのとき花火が上がる音がして、周りから歓声が上がったけど、私はそれどころじゃなくて。

　狼くんに翻弄されながら、まぶたの裏で花火の光を感じることしかできなかった。

　このキスを、終わらせたくない。

　どうしよう、狼くん。

　こんなにドキドキして、嬉しくて、それから……切ないの。

　それはたぶん、私が狼くんの本当の彼女じゃないから。

　私やっぱり、狼くんのこと、好きになっちゃったみたい……。

　パレードが終わり、夢見心地で私たちは帰る準備をした。

　人の流れに乗るように退場ゲートへと向かう。

　繋いだ手はそのままに、私たちはお互い無言だった。

　本当は聞きたい。

　どうして私にキスをしたの？

　狼くんも私と同じような気持ちを抱いてくれてるの？

　両想いって思っていいんだよね？

　でも勇気がなくて、聞けなかった。

　だって、ちがうって言われたら立ち直れない。

　何も聞かなければ、またキスしてくれるかな。

　さっきの柔らかな唇の感触を思い出して、ひとりで恥ずかしくなった。

「ロッカーに荷物取りに行こうか」

「うん。あ、えっと……その前に、お手洗い寄ってもいいかな？」

　まだ心臓がドキドキうるさいから、一旦離れて気持ちを落ち着けたい。

「いいよ。ここで待ってる」

　狼くんと別れてレストルームに入ると、鏡に顔が真っ赤の自分が映っていた。

　動揺しすぎ。狼くんは平然としてたのに。

「きっと……狼くんははじめてじゃなかったよね」

　海外にいた彼はたぶん経験豊富で、女性とのお付き合いにも慣れているから、何でもスマートでかっこいい。

　でも私の知らない彼の過去を想像すると、モヤモヤする。

　名前も顔も知らない誰かに嫉妬だなんて、本物の彼女気どりか。

　自分が恥ずかしくて、ため息をついた。

「……さっき普通に喋れてたかな。いつも通り、いつも通り」

　心が落ち着いたところでレストルームを出ると、予想しない光景が待っていた。

　狼くんが、女の人たちに囲まれている。

　四人の女の人たちはみんな年上っぽくて、ぐいぐいと密着するかのように迫っていた。

　狼くんはそれに対し、無表情で遠くを見ている。

　彼女たちの存在をないものとして、完全に無視している
ようだった。

　わかってたことだけど……本当に狼くんはモテる。

　海外でもきっと毎日のようにグラマラスな女の人たちに
囲まれていて、その中の誰かとキスをして、もしかしたら
それ以上のことも……。

「仁葵」

　不意に腕をつかまれ、驚いた。

　振り返ると、顔を険しくした剣馬が立っていた。

　つかんでくる力が強くて、腕が痛い。

「剣馬……どうしてここに？」

「俺はお前の護衛だぞ。どんなにカップルだらけの浮かれ
た場所でも、見守るに決まってるだろ」

　さりげなく嫌味を混ぜてくるあたり、この浮かれた夢の
世界にうんざりしていたんだろう。

　それでも私に見えないところで仕事をしてくれたのは、
間違いなく剣馬の優しさだ。

「全然気づかなかった」

「お前は鈍いからな。でもあいつは気付いてたぞ」

「狼くんが？」

「何回か目が合ったからな」

　そんな素振りは全然なかったから驚いた。

　やっぱり私って相当鈍いんだな、と少し落ちこむ。

　あれ？　待って。まさかさっきのキスは見られてないよ
ね？

　見てたらさすがに剣馬も、こんな風に声をかけてこれないか。

「そ、それで、どうしていまになって声かけてきたの？」

「お前に言っておきたいことがあってな」

　そう言うと、剣馬は私にファイルを手渡してきた。

　中には書類がとじこまれていて、いちばん最初に【飛鳥井狼に関する報告書】と印字されている。

　驚いて剣馬を見上げると、怒りに心配を混ぜたような幼なじみの顔があった。

「あいつ、他に女がいるぞ」

「……え？」

「しかも、子どもの頃から決められていた、婚約者だ」

　頭が、真っ白になった。

　狼くんに、婚約者がいる？

　子どもの頃から決まっていた婚約者？

　婚約者。つまり、結婚を約束した相手だ。

　未成年だから、保護者の同意のうえの約束。

　じゃあ……私は？

　一緒に住んでいるけど、本当の恋人じゃなくて、（ニセ）の恋人で。

　キスはしたけど、付き合ってるわけじゃなくて、もちろん保護者の同意なんてものもない。

　狼くんは私のお母さんを知っているけど、私は狼くんのご両親には会ったこともないし、顔も知らない。

　外務省に所属されていて、現在海外生活をしていること

は聞いているけど、それだけ。

　当たり前だ。

　だって、紹介する必要なんて少しもない関係だから。

　一緒に住んでいるだけで、私たちの形はニセモノなのだ。

「仁葵？　大丈夫か？」

「私……知らなくて。だって、狼くんそんなことひとこと
も……」

　さっきのキスの感触がまだ残っている唇に触れる。

　あのキスは何だったの？　遊びだった？

　ドキドキして真っ赤になる私をからかってたの？

　世間知らずのお嬢様を落とすなんて、簡単だって思っ
たの？

「だから反対しただろ」

　ため息混じりの剣馬の言葉に、何も言い返せなかった。

　唇を噛んでうつむくと、大きな手に頭を撫でられる。

　この手に撫でられるの、何回目かな。

　剣馬はぶっきらぼうで口も悪いけど、私をなぐさめる手
はいつも優しかった。

「これ……剣馬が調べたの？」

「ああ。相手の名前は藤島美鳥。ひとつ年下で、現在イギ
リスに住んでいる。外務省の欧州局長である飛鳥井の親と、
ヨーロッパで貿易商をしている藤島の親が親友で、子ども
同士も仲が良いみたいだな」

　藤島美鳥。

　それって……。

　答えはすぐに見つかった。

　狼くんと一緒に住むことになってすぐ、彼にかかってきた電話の相手だ。

　昨日もたぶん、同じ人からかかってきていたと思う。

　あのとき狼くんの電話の向こうにいたのが、婚約者だったのか。

「仁葵。傷つく前に、やつとは別れろ」

「でも……」

「どうしても花岡の家に帰りたくないなら、俺のとこに来ればいい。お前も住めるように、実家とは別に部屋をひとつ用意したから」

　剣馬がそこまでしてくれたことに、言葉も出ないくらい驚いた。

　だって剣馬はおじいちゃんが最優先で、私の気持ちなんて二の次で、狼くんのところを出たら、絶対に問答無用で家に連れ戻すと思っていたのに。

「どうして剣馬がそこまで」

「するに決まってるだろ。お前のことは俺が守ってやるから。心配しないで俺のとこに来い」

「剣馬、私……」

　すぐにはうなずけない私に、剣馬は一瞬悔しそうな顔をした。

　どうして剣馬がそんな顔をするんだろう。

「あいつのこと、本気で好きになったんだな」

「それは……」

「じゃなきゃ、キスなんてさせないか」

　その呟きに顔が熱くなる。やっぱりさっきの、見られてたんだ。

「……狼くんは、悪い人じゃないよ。きっと何か誤解があるんだよ」

「そう思いたいのはわかるが、婚約者がいるのは事実だ」

　現実を見ろ、と剣馬は言いたいんだろう。

　でも私は、どうしても信じたくなくてうつむいた。

「準備が出来たら連絡しろ。いつでも、夜中でもいい。すぐに迎えに行く」

　私の頭を抱き寄せるようにして撫でると、剣馬はファイルを持って去って行った。

　たぶん姿が見えなくても、まだどこからか私を見守っているんだろう。

　いつもそうだ。

　剣馬は何があっても、ケンカをしても、いつだって私のことを守ってくれた。

「傷つく前に別れろって……もう充分傷ついちゃったよ」

　ため息をつき、振り返る。

　狼くんは女の人たちに囲まれたままだった。

　自分がどうするべきか、どうしたいのか、まだ全然決められそうにない。いまはとにかく、狼くんをあそこから助け出さないと。

「ねぇ～いいでしょ？　お願い、1枚だけ！」

「彼女と来てるんで、やめてください」

「彼女いないじゃーん。このあと、うちらと遊びに行かない？」

「お姉さんたちがおごってあげるからさあ」

「離れてください。迷惑です」

「照れてる？　かっわい〜」

　狼くんの言葉なんてまるで聞こえていないかのようで、女の人たちは好き勝手言って、狼くんを連れて行こうとしていた。

　そのうちのひとりがスマホを掲げて、狼くんと一緒に自撮りをしようとしたことで、私はハッとして駆け寄った。

「ろ、狼くん！」

「仁葵ちゃん」

　私を見て、無表情からほっとしたように頬をゆるめた狼に、複雑な気持ちになる。

　私のことなんて遊びなのに、そんな特別みたいな顔しないでよ。

「あー、彼女？」

「うわっ。彼女もかっわい」

「これはムリだわ。残念〜」

　もっと食い下がられるかと思ったけど、女の人たちは道を開けるように狼くんを解放してくれた。

　次会ったら逃がさないから、などと笑いながら彼女たちが去っていく。

　狼くんは私をぎゅうぎゅう抱きしめて、短いため息をついた。

「……ごめんね、狼くん。遅くなって」

「だめ、許さない」

「えっ」

「だから責任とって、俺のこと癒やしてね」

　甘えるように言われたとき、胸に生まれたのはときめきよりも、ズキズキとした痛みだった。

　モテる狼くんの冗談を、いちいちまともに受けとめすぎたのかな。

　全部そのまま信じて、私はあっという間に……狼くんに恋をしてしまった。

　私が世間知らずのお嬢さまだから。

　でも全部が全部ウソだったなんて思いたくない。

　結局はそんな気持ちも、私が彼を好きだからで。

「狼くんは……ずるいよ」

「ん？　仁葵ちゃん、何か言った？」

　すりすりと私の頭に頬を寄せる狼くん。

　婚約者がいるって本当？

　本当に、狼くんには将来結婚を決めた人がいるの？

　そんな人がいるのに、私を家に泊めて、一緒のベッドで眠ったの？

　それって狼くんにとっては、問題にもならない軽いことなの？

　それとも……婚約者なんていない？

　あれは剣馬が私を家に帰そうとしてついた嘘？

　わからない。

　狼くんがそんな軽い人だなんて信じたくない。

　でも剣馬がそんな嘘をつくとも思えない。

　もう何を信じたらいいのか、わからないよ、狼くん。

「……なんでもない。帰ろうか！」

「そうだね。疲れたし、外食で済ませて帰ろうか」

　こちらですよ、お姫さま。

　そう言って手を差し出し、私をエスコートする王子様。

　私が二度目に恋をした人。

　ニセモノの関係をホンモノにする方法ってないのかな。

　どのみち、婚約者がいるんだからムリか。

　どうしてこうなっちゃったんだろう。

　好きになっちゃいけない人に恋をしたとき、どうしたらいいんですか。

　ひんやりとしたこの手の優しさに、泣きたくなった夜だった。

【同居の心得その5】

秘密は極力避けるべし

　今日は寧々子ちゃんと大事な話があるから、一緒にお昼は食べられない。

　私がそう言うと、狼くんは目に見えてシュンと落ちこんでいた。

　垂れた尻尾と耳が見えるようで、かわいそうなことをしたかなという気持ちになる。

　でも家でも学校でも狼くんと一緒だから、なかなか狼くんについての相談を寧々子ちゃんにできないんだよね……。

　しょんぼりと去っていく背中を見て、ひとりでご飯を食べることになるのかなと心配したけど、田沼くんがすぐに狼くんに声をかけていた。

「おー！　何だよ飛鳥井。花岡さんにフラれたのか？」

「……うるさい」

「よしよし、こっち来いよ！　なぐさめてやるから！」

「いらない」

「実はお前には、いろいろ聞きたいことがあったんだよ〜。なあみんな！」

「そうだぞ〜。主に花岡さんとの馴れ初めな」

「あと、花岡さんとの馴れ初めとか馴れ初めとか、馴れ初めとかな」

「……うざぁ」

　狼くんはものすごくイヤそうな顔をしていたけど、結局田沼くんに問答無用で引きずられていった。

　さすがクラスのムードメーカーの田沼くんだ。

　いつも、愛想のない狼くんと他のクラスメイトたちの橋渡し役みたいなことをしている。

　狼くんもイヤそうな顔はしつつも、田沼くんのことは嫌いじゃないんだと思う。

　たまに私との会話にも、田沼くんの名前が出てくるし。

　私は少し安心しながら、寧々子ちゃんとゆっくり話ができる外のベンチへと移動した。

　風に揺れる花壇の花たちを眺めながら、私はポツポツと寧々子ちゃんに話した。

　遊園地のデートで、狼くんに恋をしていると自覚したこと。

　同時に、剣馬に狼くんの婚約者の存在を教えられたこと。

　狼くんから婚約者の話はまったく聞いていないこと。

　でも婚約者の名前が、以前狼くんが電話で親しげに話していた相手と同じだったことも。

「そうですか……。飛鳥井くんのおうちは、代々政界に携わってきた由緒あるお家柄ですから、婚約者がいてももちろんおかしくないですね」

「私、狼くんのおうちのことは、外務省関連のお仕事でいまは海外生活をしているくらいしか知らなくて。狼くんについても、考えてみたら知らないことだらけだなって……」

「仁葵ちゃんはずっと三船くんに守られてきましたからね。他の男性について知らなくても、ムリはありません」

「剣馬って、そんなに私と他の男の人が接触しないようにしてた？」

「ええ、それはもう！　花岡仁葵に近づくためには、まず三船剣馬を倒さなければならない、という話は学園では有名ですもの。実際、強引に仁葵ちゃんに近づこうとして剣馬くんに投げ飛ばされたとか、捕縛されたなんて話もよく聞きますし」

　何それ……？

　初めて聞く話に、自分の口元が引きつるのがわかった。

　剣馬ってば、私の知らないところで何をしてるんだ。

　いや、何ってもちろん、ボディーガードの仕事なんだろうけど……。

　同じ学園の生徒に対してそんなことをしているなんて、想像もしなかった。

「いくらなんでも過保護すぎる……」

「そうですね。でも、それだけ三船くんは、仁葵ちゃんのことが大切なんですよ」

「そういうわけじゃないよ。剣馬は仕事だからそうしてるだけ。おじいちゃんの命令がなかったら、そこまでしてないと思う」

　私は心の底からそう思って言ったけど、寧々子ちゃんは「果たしてそうでしょうか？」と否定的に首をかしげた。

「三船くんはボディーガードである前に、仁葵ちゃんの幼なじみでしょう？　小さい頃からずっと仁葵ちゃんを見てきたんですよ。大切じゃないわけありません」

「でも、剣馬はいつだっておじいちゃん最優先だよ」

「そう見えるのかもしれませんが、私はそうではないと思っ

ています」

　寧々子ちゃんは確信しているかのように言うけど、私にはとてもそうは思えなかった。

　剣馬がどれだけおじいちゃん優先なのか、いちばん知っているのは私だから。

「まあ、剣馬のことはいいよ。それよりも……」

「飛鳥井くんの婚約者、ですね。でも本当にいるのかはわからないのでしょう？」

「確かに、私が実際この目で見たとかじゃないけど。でも剣馬が嘘をつくとも思えないし」

　愛想はないし口うるさいけど、剣馬は本当に誠実でまじめなのだ。

　少なくとも、私を傷つける嘘をつくようなやつじゃない。

「まあ。そういうところは幼なじみを信用しているんですね」

　くすくす笑われて、バツの悪い気持ちになる。

　おじいちゃん最優先な頭の固いところと、誠実さは関係ないし。

「と、とにかく。狼くんがその美鳥っていう相手と電話してたのは本当なの」

「もし飛鳥井くんが、婚約者がいる身でありながら仁葵ちゃんとの同棲を提案したのだとしたら……」

「だとしたら……？」

「私、何をするかわかりません」

　うふふ、と上品に微笑む寧々子ちゃんの背後に、黒いオー

ラが見えた気がした。

　気のせい、だよね？

　ゾクゾクと悪寒が走り、私は自分の腕をさすりながら乾いた笑いを浮かべた。

「ね、寧々子ちゃんがそんな冗談言うなんて珍しい～」

「あら。冗談ではありませんもの」

「……あはは。本当におかしいんだから～！」

　やめよう。このことについて言及するのは、もう終わりにしよう。

　寧々子ちゃんは、狼くんのことがあまり好きじゃないのかもしれない。

　親友に恋を応援してもらえないのは、ちょっと悲しいな。

　でもとっても優しい人なんだよ、と私が言ったところで、婚約者がいる話をしたあとだから逆効果だろうし。

　そっとため息をつくと、心配そうに顔をのぞきこまれた。

「飛鳥井くんとのこと……仁葵ちゃんは、どうしたいのでしょう？」

「私が、どうしたいか？」

「ええ。いちばん大切なのは、仁葵ちゃんの気持ちだと思うんです。仁葵ちゃんはこれからどうしたいですか？　飛鳥井くんと、どうなりたいですか？」

　狼くんと、どうなりたいか。

　すぐに答えは出てこなかった。

　考えようとしても、「美鳥」という名前がちらついて、何も決められない。

　だったら、まず何をしたいのか、するべきなのか。
「……狼くんに、婚約者のことを確認したい、かな」
　ちゃんと狼くんの口から聞きたい。
　婚約者がいるならどうして私を家に置いてくれたのか、彼の言葉で説明してほしい。
　すごく怖いけど、そこを確認しないと私はどこにも行けそうになかった。
「そうですね。私も、それがいいと思います」
「気が重いなあ……」
「おひとりで話を聞くのが怖ければ、私も同席します。遠慮なく声をかけてくださいね」
「寧々子ちゃん……ありがとう」
　剣馬をかばうことがあっても、狼くんに良い印象は持っていなくても、寧々子ちゃんは私の味方でいてくれる。
　それだけは確かだと、寧々子ちゃんのふんわりとした笑顔が言っている気がした。

　私の膝で丸くなったルポの、毛並みを整えるようにゆっくりと撫でる。
　ルポはすっかり私に気を許してくれるようになった。
　こうして膝や背中に乗ってくるし、撫でてとねだってきたりもする。
「ルポは本当におとなしいね。猫ってもっと活発でやんちゃだと思ってた」

「ルポはちょっと事情があるから」

　ひとりごとのつもりで呟いたのに、すぐに背後から返事があって驚いた。

　ソファの上で振り返ると、ネイビーのスーツに着替えた狼くんがいた。

　グリーンのドットタイをキュッと締める仕草に、私の心臓もキュッとちぢむ。

　かっこいい……！

　完璧王子のハッシュタグが作られるのも、納得のかっこよさだった。

　本当に、絵本に出てくる王子様みたい。

　そう思った瞬間、昔の映像が頭に浮かんだ。

　池に落ちた私を助けてくれた、初恋の男の子。

　やっぱり狼くんはどこか、彼に似ている気がする。

　初恋の彼に似ているから、狼くんを好きになったのかな。

　でも、なんだかそれだと、初恋の彼にも狼くんにも失礼な気がする。

　やめよう、と頭を振って浮かんだ考えを打ち消した。

「ええと。ルポの事情って？」

「スコティッシュフォールドっていう種自体が穏やかで甘えん坊っていうのもあるし、ルポがけっこうなおじいちゃんっていうのも理由にあるけど。それとは別に、ルポは体が弱いんだ」

「体が弱い？　ルポが？」

　思わず膝の上で気持ちよさそうに目を閉じている、かわ

いい折れ耳を見つめる。

　おとなしいけど、弱々しいとは思ったことがなかったの
に。

「足の関節と、目と、それから内臓がね。その治療が大変で、
前の飼い主はルポを手放したんだ」

「そんな……」

　じゃあ狼くんは、二番目のルポの飼い主なんだ。

　治療が大変だから手放すなんて、勝手すぎる。

　猫は、動物は、おもちゃじゃない。

　いらなくなったからって簡単に捨ててしまえるなんて、
信じられなかった。

「スコティッシュフォールドっていう種はね、元々骨の疾
患<ruby>疾<rt>しっ</rt></ruby><ruby>患<rt>かん</rt></ruby>があって耳が折れた猫を繁殖させたものなんだ。だから
骨が弱い子が多いし、体を壊しやすくて寿命も少し短めで
ね」

「そうだったの？　全然知らなかった……」

「海外では繁殖を禁止してる国もある。でも日本では知っ
ている人はあまりいなくて、人気の種だからたくさん繁殖
され続けてるね」

　いま、狼くんに教えてもらわなければ、私も一生知るこ
とはなかったかもしれない。

　この愛らしい存在に、そんな歴史と事情があったなんて。

「狼くんは、どうしてルポをお迎えすることにしたの？」

「……なんとなくだけど、俺にとって特別な女の子に似て
る気がしたからかな」

　ソファーのうしろから、私の膝にいるルポをのぞくようにして微笑んだ狼くん。

　慈愛（じあい）に満ちたようなその表情に、ズキリと胸が激しく痛んだ。

　狼くんにとって特別な女の子。

　それって、美鳥という名前の婚約者のこと？

　やっぱり剣馬が言っていたことは本当なの？

　私には最初の日に"いまのところ婚約者はいない"って言っていたのに。

　いや、嘘と決まったわけじゃない。

　ちゃんと直接、狼くんの口から聞くまでは。

　だから逃げずに確認しよう。

　狼くんならきっと、ごまかさず話してくれるはずだから。

　でもちょうどそのとき、狼くんのスマホに電話がかかってきた。

「はい。……わかりました。俺も向かいます」

　手短に通話を終えると、狼くんが申し訳なさそうに私を見た。

「ごめん仁葵ちゃん。そろそろ行くね」

「そっか……。気をつけてね」

「夕食もひとりにしちゃうけど。大丈夫？」

「大丈夫だよ！　そのためにテイクアウトしてきたんだし。おばあさんの退院祝いなんでしょう？」

　狼くんのおばあさんは、先週まで体調を崩し入院していたらしい。

　その回復をお祝いする席なんだから、孫の狼くんは絶対
参加しないと。

　でも狼くんはまだ迷っているような顔をしていた。

「……仁葵ちゃんも、行く？」

「え？」

「準備して、一緒に行く？　少しくらい遅れても問題ない
よ」

　どうして……そんなこと言うんだろう。

　私はニセの彼女なのに。

　家族に紹介してあとで困るのは、狼くんなはずなのに。

「……呼ばれてもないのに、ご迷惑になるよ。私はルポも
いるし、大丈夫だから」

「本当に？　本当に大丈夫？」

「もう、ほらほら！　早く出ないと遅刻しちゃうよ！」

　まだ渋る狼くんを急かして、玄関まで見送る。

　抱いたルポの前脚を上げて、バイバイしてみせた。

「行ってらっしゃい。気をつけてね」

「……なんか、新婚さんみたい」

　結婚したらこんな感じなのかな。

　そんな狼くんの呟きに、どんな顔をしたらいいのかわか
らなくなる。

　私の複雑な胸の内には気づかず、狼くんは頭にキスを落
とすと「行ってきます」と、上機嫌でマンションをあとに
した。

「結婚したら……か」

　狼くんが想像したのは、誰のこと？

　私？　それとも——。

「……やめやめ！　狼くんが帰ってきたら、改めて聞こう！」

　いくら考えたって、全部私の想像でしかない。

　いま悩むのはムダだ。

　答えは狼くんが教えてくれるはずだから、おとなしく待とう。

「ルポ。今夜は私とふたりだよ。よろしくね」

　腕の中のルポを撫でると、ナアンと可愛らしい返事があった。

　そっとソファーに下ろしてやると、すりすりと手にすり寄ってくる。

　体が弱いと知って、いままで以上に優しく接しようと思った。

　世間知らずでも、学ぶことはできる。

「長生きしてね、ルポ」

　ルポのごはんを用意して、私もテイクアウトしてきたピザを食べようかと思ったとき、ドアのロックが外される音がした。

　ごはんを食べていたルポも、顔を上げて玄関を見ている。

　狼くん、もう戻ってきた？　忘れ物かな。

　出迎えようかなと思うと同時に、リビングのドアが開かれた。

　ドアを開けた人物と思い切り目が合い、お互い固まる。

　入ってきたのは狼くんじゃなかった。

　長く真っすぐな黒髪が印象的な、きれいな子だった。

　透けるような白い肌に、猫みたいに目尻がきゅっと上を向いた瞳。

　同い年か、少し年下くらいだろうか。

　白いワンピースからのびる手足は、いまにも折れてしまいそうなくらい細くて頼りなげだ。

「……狼は？」

「え……」

「狼はいないの？」

　狼くんのことを呼び捨てにする女の子。

　もしかして、狼くんの妹？

　でも狼くんからそういう話は聞いたことがない。

　それに家族なら、狼くんのおばあさんの快気祝いに行っているはずだ。

　じゃあ、この子はまさか――。

　心臓がうるさい。

　胸の苦しさに耐えていると、足元に柔らかな感触があった。

　ルポが私の足に体をすりつけて、まん丸な目で見上げてきていた。

　小さな存在に癒やされて、ちょっぴり勇気をもらえた気がした。

「狼くんは……出かけてます」

　私が答えると、女の子は整った眉をぴくりと動かした。

「ふうん。そう。せっかく驚かせてやろうと思ってたのに」

「あの、あなたは……」

「そっちこそ、どちら様？　狼の家で何してるの？　……ずいぶんとくつろいでいるようだけど」

　私とルポ、それからテーブルの上のピザを見て、女の子が目をすがめる。

　狼くんからもらったルームウェアを着て裸足（はだし）だった私は、きちんとした格好の女の子を前に、居たたまれない気持ちになった。

「わ、私は。いま、狼くんと、その……」

「狼と付き合ってる、なんてバカみたいな嘘ついても意味ないわよ」

　空気を切り裂くような、冷たい声だった。

　嘘。そうか、この子には嘘が通用しないのか。

　じゃあやっぱりこの子が――。

「私のこと、知らない？　藤島美鳥。狼の婚約者よ」

　胸を張り、堂々と名乗った美鳥さんの前で、私は立ちすくむことしかできなかった。

　ああ、本当だったんだ。

　剣馬が嘘をつくはずないとは思っていたけど、勘ちがいであってほしいと願っていた。

　でも、私の願いは叶わなかった。

　狼くんには、婚約者がいたんだ。

「ほ……本当に、狼くんと婚約、されてるんですか」

「そうよ」

「でも、彼はそんなことひとことも……」

「言わなかっただけでしょ。私たちの婚約は、小さい頃から決まってるの」

　つまり、前に彼が私に言っていたことが嘘だったんだ。

　何よりも、その事実がいちばんつらい。

　嘘をつかれていたということが、いちばん。

　私は狼くんと同棲しているんです、なんてとても口にできそうになかった。

　美鳥さんはツカツカと進み、慣れた手つきでサイドボードに手をかけると、迷うことなく中からアルバムを一冊取り出した。

　パラパラとめくり、あるページを突き出すようにして私に見せつけてくる。

「どう？　これで納得してもらえるかしら？」

　そこには幼い子どもがふたり、正装した姿で写っていた。

　まるで小さな新郎新婦みたいに。

　女の子のほうはわかる。

　真っ直ぐでつやややかな黒髪に、猫を彷彿とさせる大きな瞳。

　小さい頃の美鳥さんだろう。

　でも、隣りのこの男の子は一体誰？

　金髪に、青い瞳の男の子だった。

　顔立ちは狼くんに似ているけど、でもどう見ても日本人とは思えない。

「どうしたの？　……ああ、狼の髪と目の色がちがうから

わからない？　狼は曾<ruby>曾<rt>ひい</rt></ruby>おばあさんがイギリスの方で、その血が濃く出たのよ。子どもの頃はこんな感じで色が明るかったけど、だんだん落ち着いていっていまの色になったの」

　知らなかったの？と美鳥さんは他のページも見せてきた。

　たしかに、成長とともに狼くんの髪の色は段々と薄茶になっていっていた。

　それよりも、私は気づいてしまった事実に呆然としていて、美鳥さんの棘のある言葉もあまり頭に入ってこない。

　写真の男の子が、初恋の男の子だったから。

　池に落ちた私を助けてくれた、あの金髪に青い瞳の王子様。

　私の初恋の相手は、狼くんだったんだ。

　そうとも知らず、また私は狼くんに恋をしていたんだ。

　そして——。

「これでわかってくれたかしら？　あなたはいま、婚約者のいる男性の部屋に上がりこみ、我が物顔でくつろいでる、厚かましくて恥知らずなことをしているって」

　狼くんを自分のものだと主張する美鳥さんを前に、私の心はぐちゃぐちゃだ。

　泣きたい。

　でも、彼女の前でだけは泣きたくない。

「……すみません。いますぐ出ていきます」

　私は顔をうつむけたまま、家出したときに持ってきてい

た少ない荷物を、来たときと同じようにボストンバッグに詰めこんでいった。

　一緒に買い物をしたものは、全部置いていくことにした。

　脱いだルームウェアも、迷ったけれど置いていこうと決めて丁寧に畳む。

　きっとあとで、美鳥さんがまとめて捨てるんだろう。

　私がここにいた事実をなかったことにするために。

　荷物が少なすぎて、あっという間に片付けが済んでしまった。

　いつの間にかルポがそばにいて、甘えるように鳴きながら、私の体にすりっとなついてくる。

　寂しさで胸がいっぱいになって、温かなルポの体を抱きしめた。

「ルポ。短い間だったけど、楽しかったよ」

　ありがとう、とルポのひたいにキスをする。

　元気でいてね。狼くんと幸せにね。

　そっと床に下ろしても、ルポは私から離れない。

　もしかして何かを察して心配してくれているんだろうか。

　賢い子だから、きっとそうだ。

　ごめんね、ルポ。

　ルポの優しさにますます離れがたい気持ちになったけど、もう行かなくちゃ。

　元々、この同棲は期間限定だった。

　いつかは（ニセ）の恋人関係を解消して、家に帰らなく

ちゃいけなかったんだから。

　寂しいのは最初だけ。

　ルポもすぐに私がいない生活に慣れて、私のことは忘れるだろう。

　その頃には、ここに住むのは狼くんともうひとり、美鳥さんになっているのかもしれない。

　リビングに戻ると、美鳥さんがキッチンに立って、狼くんのエプロンを身に着け掃除をしていた。

　嫌だ、という気持ちが溢れ出す。

　でもそれを口にする権利は私にはない。

　黙々と掃除をする美鳥さん。

　その姿は私が使っていた形跡をすべて消そうとしているように見えた。

　ほっそりとしたその背中に、何と声をかけるべきかわからない。

　お邪魔しました？

　すみませんでした？

　ご迷惑をおかけしました？

　どれも適当じゃないし、どれも彼女にとっては不要だろうと思った。

「……失礼します」

　結局、それだけ言って玄関に向かう。

　彼女からの返事はなかった。

　そういえば、狼くんは彼女に玄関の合カギを渡していたんだな、といまさら気づく。

　私はしばらく一緒にいたけど、もらえなかったな。

　ニセの彼女なんだから当たり前か。

　自嘲しながら玄関のドアを開ける。

「バイバイ、ルポ」

　それから狼くんも。

　さよなら。

　いままでありがとう。

　ここにはいない私の王子様に、心の中でお礼を言って玄関を閉める。

　見送りに来てくれたルポの鳴き声が、しばらく耳から離れなかった。

　マンションのエントランスを出ると涙がにじんできた。

　流れ落ちないよう空を見上げると、星空がやけにきれいで余計に悲しくなる。

　そのまま動けずにいると、黒い車が近づいてきて私の目の前で停車した。

　まさか——。

「仁葵」

　降りてきたのはやっぱりというか、長い付き合いの幼なじみで。

　らしくなく心配そうな顔をしていたから、思わず我慢していた涙がこぼれてしまった。

「何も、言わないで……！」

　もう涙は止められないから、せめて情けない泣き声を上

げないよう、口を覆うように手でふさぐ。

　剣馬はそんな私を黙って抱きしめた。

　口うるさくてぶっきらぼうで、普段はうっとうしさの勝(まさ)る幼なじみだけど、同時に愛情深いことも私はよく知っている。

　きっと「だから言っただろ」と言いたいだろうな。

　忠告を聞かずに泣くことになった私に、あきれているよね。

　それでも剣馬は優しいから、いまは何も言わずなぐさめてくれる。

　私はこんなに世間知らずで、身勝手な幼なじみなのに。

　剣馬の優しさに甘えて思う存分泣いた。

　私は今日、二度失恋した。

　初恋と、二番目の恋を、どちらも一緒に失ったんだ。

☆
☆
☆
☆

【同居の心得その6】
同居解消は
話し合ってすべし

　真っすぐ家に帰ると思いきや、剣馬が案内してくれたの
はオートロック付きのマンションだった。
「この部屋、おじいちゃんが？」
「いや。俺が自分で用意した」
「剣馬が……？」
「お前が家出してすぐにな。これでもお前の護衛としてそ
れなりに稼いでいるんだぞ」
　小さなリビングの他に、寝室があった。
　ベッドと鏡が置かれているだけの部屋は、それだけで急
いで避難所を作ってくれたのがよくわかって、改めて剣馬
の優しさが胸にしみる。
「仁葵。ほら、目ぇ冷やせ」
「……ありがと」
　冷たいタオルを渡されて、素直に受け取る。
　泣いてパンパンに腫れた目に、ひんやりとしたタオルは
心地良かった。
「これからお前はどうしたい？」
「……私に決めさせてくれるの？」
「また家出されたらたまったもんじゃないからな」
　苦笑しながら、剣馬が私の頭を撫でる。
　大きな手は温かくて、狼くんの冷たい手とのちがいを感
じ、胸が勝手に切なくなった。
「しばらくここにいるか？」
「でもそれじゃあ剣馬は……」
　あまりにも剣馬が優しすぎて、不安になってきた。

　あんなに家に帰れとうるさかったのに、どうしちゃったんだろう。

　おじいちゃん最優先の剣馬はどこに？

　仕事放棄（ほうき）だって、怒られたりしない？

　いろいろ考えてしまい黙りこんでいると、むにっと頬をつままれた。

「いひゃい……」

「何だよ、新造さまが心配なのか？　大丈夫だ。俺がうまく伝えておくから」

「剣馬が？　どうして」

「どうしてって……」

　剣馬は一瞬苦い顔を見せると、ぐいっと強く私の頭を抱き寄せた。

「剣馬……？」

「お前があの男の家に泊まってると知って、俺がどんな気持ちだったかわかるか？」

　それは怒っている声とは少しちがった。

　怒っているのかもしれないけど、でもなんだか少し元気がない。

「ほいほい男の家に上がりこんで、バカなやつって思ったんじゃないの？」

「お前がバカなのはとっくに知ってる」

「……ソーデスカ」

「俺はただ……お前が心配だっただけだ。傷つくことになるんじゃないかって」

　大きな手が、私の頬を両側からはさんで上を向かせる。

　その手つきが優しくて、声に切なさがにじんでいるようで、私はされるがまま。

「俺は、お前にあんな顔させたくなかったんだ……」

　悔しさで震えるような幼なじみの声に、泣きそうになる。

　でもどうしてか、私よりも剣馬のほうが傷ついているような顔をしていた。

「剣馬……泣かないで」

「泣いてない」

「でも、泣きそうだよ」

「俺は……！」

　何か大切なことを言いかけたようで、でも剣馬の口から続く言葉はなかった。

　言いたいのに、言えない。

　剣馬の目がそう言っているように見えた。

「俺はお前が……っ」

「剣馬……？」

　長い付き合いだけど、こんな間近で、こんなに長く見つめ合ったことがあっただろうか。

　それくらい真正面からお互いを見ていたけど、とうとう剣馬は最後まで言ってはくれなかった。

　何かに必死に抗うような、耐えているような。

　そんなつらそうな幼なじみに、私はかける言葉が見つからない。

　やがて剣馬はため息をつくと、私から手を離した。

　顔を上げたときには、もういつもの厳しい幼なじみの表情になっていた。

「明日……」

「え？」

「明日はどうする？　ここにいるか？」

　いてもいいぞ、というニュアンスに自然と笑顔になる。

　私の幼なじみは、厳しいけど本当に優しい。

「ううん。……普通に学校に行くよ。それで、そのあと家に帰る」

「……いいのか？」

「いいの。もう、いいの」

　恋をふたつもなくして、少し自暴自棄になっているのかもしれない。

　自分でもそれを感じたけど、だからといってもう、おじいちゃんに立ち向かう元気は持てそうになかった。

　なんだかちょっと、疲れちゃったんだ。

「ありがとね、剣馬」

　剣馬は納得がいかないような顔をしていたけど、黙って私の頭を撫でてくれた。

　剣馬がいてくれてよかった。

　ひとりだったら、きっともっとつらくて干からびるまで泣き続けていたにちがいない。

　それからは、剣馬が私のボディーガードになる前の、ただの幼なじみだった頃に戻ったように他愛ない話をした。

　そうやって一晩、剣馬は私に寄り添ってくれていた。

　でも私が寝るときには、剣馬は自分の実家に帰ってしまい……やっぱり昔と同じというわけにはいかないんだと思った。

「もう子どもじゃないんだよね……」

　ひとりで眠りにつくとき、ちょっとだけ涙がこぼれた。

　剣馬が開けてくれた後部座席のドアから外に出る。

　以前はこれが日常だった。

　それなのに、周りの人たちにも私にとっても、それは特別なものに感じたみたいだ。

　視線が痛い。刺さるようだ。

　ここしばらくは狼くんの車で一緒だったから、きっと何かあったと思われてるんだろうな。

「仁葵。ムリしなくていいんだぞ」

「何言ってるの剣馬。全然平気だよ」

　らしくない剣馬の言葉に笑って校舎に入る。

　けれど大きなシャンデリアの下で待ち構えていた人を見た瞬間、足が止まってしまった。

「狼くん……」

　なんとも表現しがたい顔をした狼くんがいた。

　いつもの無表情とは何かがちがう。

　怒っているような、心配しているような、不安そうな、痛そうな……本当に、ひとことじゃ言い表せない。

「仁葵ちゃん。どうして電話に出てくれないの」

　責めるように言われて、そっと目を伏せた。

　電話してくれたんだ。

　スマホの電源は落していたから、確認できていなかった。

　連絡が来たら来たで困るけど、来なかったらそれはそれで悲しくなりそうで。

　どっちつかずな自分がイヤで、そのままにしていたのだ。

「美鳥が家に来たんだね。ごめん。何かおかしなこと言われた？」

　おかしなこと。

　おかしなことって……何？

　彼女が狼くんの婚約者だっていう事実を伝えられたのは、おかしなことに入る？

「家には来ないように言ってたんだけど、本当にごめん。でも仁葵ちゃんが出て行くことはないんだよ」

「……狼くん、何言ってるの？」

「美鳥のことは、追い返したから」

　私が口を開いたことに、ほっとした顔で狼くんが近づいてくる。

　でもそれを遮るように、剣馬が前に立った。

「飛鳥井。お前はもう二度と仁葵に近づくな」

「……へえ？　三船に何の権利があってそんなこと言ってるの？」

「まだこいつを振り回すつもりなら……」

「別に仁葵ちゃんを振り回すつもりなんて、元からないけど。……つもりなら？」

　剣馬は右手を掲げると、それを握りしめるようにパキパキと骨の音を響かせた。

「それ相応の覚悟をしてもらおうか」

　顔は見えないけど、剣馬の声は本気だった。

　剣馬は強い。狼くんも護身術は習ったと前に話していたけど、剣馬は習うっていうレベルじゃない。

　武道に格闘技、対人戦闘術を子どもの頃からひたすら忠誠心のみで鍛錬続け、マスターしたんだ。

　素人とはきっと勝負にもならない。

　狼くんがケガをする以外の未来が見えなかった。

「剣馬、いいよ。もう行こう」

　剣馬の制服を引っ張って促す。

　その一瞬、狼くんと目が合ったけど、すぐに私からそらしてしまった。

　そうしないと、彼のことを責めてしまいそうだったから。

「……覚悟、ね。自分のものにする勇気もないくせに」

　それは明らかな嘲笑だった。

　普段は誰に対しても淡々としている狼くんらしくない態度。

　私が驚いて固まっていると、手の中から剣馬のシャツがするりと抜けていく。

　まずい、と思ったときには遅かった。

　剣馬の振り上げた拳が、思い切り狼くんの顔に直撃した。

　ぐらりと狼くんの体が揺らぐ。

　でも、彼は倒れなかった。

　強烈な一発だっただろうに、その場に踏みとどまった。

「お前みたいなクズを、仁葵に近づけることを許してしまった自分に腹が立つ」

「剣馬、やめて！」

　怒りを凝縮（ぎょうしゅく）したような剣馬の声に、どうしよう、と焦（あせ）りが募る。

　剣馬が本気になったら、狼くんは大変なことになっちゃう。

　狼くんは口から血の塊（かたまり）を吐き出して、剣馬を睨み返した。

「図星を指されてイラついたの間違いだろ？」

「貴様……っ」

「もう！　やめてよふたりとも！」

　思い切ってふたりの間に飛びこんだ。

　これ以上狼くんにケガをしてほしくない。

　剣馬にも、狼くんを傷つけてほしくなかった。

「……っ！　仁葵ちゃん！」

「危ないだろ！」

「だってふたりがやめてくれないから！」

　剣馬の体を押すようにして、狼くんから離す。

　人を呼ばれる前に行かないと。

　ふたりの目には冷静さが多少戻ってきていて、お互い構えを解いていく。

「……狼くん。ごめんなさい。勝手に出て行って」

「仁葵ちゃん」

「でも、いずれは出て行かなきゃいけなかったし。それが

180

ちょっと早くなっただけだから……」

「まさか……戻って来てくれないの？」

　私を見る狼くんの姿は、まるで捨てられた仔犬みたい
だった。

　罪悪感みたいなものが湧いてくる。

　大丈夫だよ、戻るよって、言ってしまいたくなる。

　でも、そんなものはまやかしだ。

　狼くんにとって私はそんなに重要な存在じゃない。

　ただいっとき、生活をともにし恋人のフリをした、共犯
者というだけ。

「美鳥に何言われたの？　もしかして誤解してる？　俺と
美鳥は──」

「狼くん。私、家に帰ることにしたの」

　狼くんの少し垂れ気味の優しげな瞳が見開かれる。

「え……でも、お見合いは？」

「いいの。結局逃げてるだけで、自分じゃ何もしてないっ
て気付いたから……」

　剣馬の大きな手が肩にのせられる。

　少しこめられた力に、勇気づけられるようだった。

「お見合いしてみて決めるのも、悪くないかなって」

　家を出てみて、最初はおじいちゃんに負けるもんかって
意地になっていたけど、だんだんとそれまで見えていな
かったものが見えてきた。

　そして気づいたんだ。

　私って、本当に子どもなんだなって。

　イヤなことからは逃げて、それが当然だと思ってて。

　逃げていればなんとかなると、本気で信じていた。

　でもそれって結局、自分が楽したいだけだったんだなと気づいたんだ。

　だから逃げるのはやめて、やらなきゃいけないことに向き合ってみようと思った。

　お見合いをしてみようって。

　相手がどんな人かはわからない。

　もしかしたら、ひとめぼれしちゃうくらい素敵な人かもしれない。

　でもひょっとすると、私みたいにお見合いはしたくないと思っている可能性もある。

　だから会ってみて、話してみて、それから自分で判断しようと思った。

　おじいちゃんの説得がムリだったとしても、婚約や結婚は相手がいるものだから。

　断るにしても、その相手に誠心誠意向き合って話せばわかってくれるはず。

　失恋して、あきらめの気持ちも多少はあるけど、ほとんどは前向きな気持ちで決めた答えだ。

　でも狼くんは別の受け取り方をしたのか、悲痛な顔で「だめだよ」と首を振った。

「恋愛して結婚したかったんじゃないの？　自分で相手を決めたいって、そう言ってたよね」

「うん……」

「本当に好きになった相手と結婚したかったんじゃない
の？」

　どうして……そんなひどいことを言うんだろう。

　本当に好きになった人にだけは、狼くんにだけは言われ
たくなかった。

「もう行こう、剣馬」

「仁葵ちゃん！」

「狼くん。短い間だったけど、ありがとう。いままでかかっ
たお金は、明日にでも返すから」

「そんなのいらないよ！　いらないから……っ」

　狼くんはいつだって落ち着いていて、声を荒らげること
なんてなかった。

　いまみたいに取り乱すところなんて見たこともない。

　気になるけど、でも、もう気にしちゃだめなんだ。

　そう自分に言い聞かせて、剣馬の腕を引っ張り教室へ向
かう。

　戻って来てほしい――。

　懇願するような声が背中にかけられた気がしたけれど、
きっと気のせいだ。

　私の願望が幻聴になっただけ。

　もう心を乱されたくない。迷わせないでほしい。

　まだ胸の奥底でくすぶる残り火が、ふたたび大きくなっ
てしまわないように。

　剣馬と一緒に教室に入ると、一瞬教室が静まり返った。

　すぐに寧々子ちゃんが飛んできてくれて、私はムリヤリ笑ってみせた。

「仁葵」

「ん。大丈夫だよ」

　私の答えに、剣馬はひとつうなずき離れていった。

　代わりに寧々子ちゃんが私の腕をがっしりつかむと、廊下に出て、人けのないところまで引っ張ってきてくれた。

「仁葵ちゃん、つらそうな顔してます。何かあったんですか？」

「寧々子ちゃん……。私、家に戻ることにした」

「え？　じゃあ、お見合いはなくなったのですか」

「ううん。お見合いは受けることにしたよ。会ってみて、どうするか決めようと思って」

「……急にどうしたんですか？　飛鳥井くんはなんと？」

　私は首を振ってまた笑った。

　ちゃんと明るく笑おうとしたけど、どうしてもへたくそな笑顔しか作れなかった。

「昨日ね、狼くんがいないときに、狼くんの婚約者さんが来たの」

「え……」

「恥知らずなことしてるってその子に言われて、本当にその通りだなあって」

「仁葵ちゃん……」

「だから、家出はもう終わり！　私にしては持ったほうだよね！」

　ムリヤリ口角を上げて笑ってみせたけど、目の前の寧々子ちゃんはちっとも笑ってくれなかった。

　真剣な顔で、悲しそうな、悔しそうな顔で、真っすぐに私を見ていた。

「仁葵ちゃんは、恥知らずなんかじゃありません」

「寧々子ちゃん……」

「つらかったですね。がんばりましたね」

　そう言って抱きしめられると、だめだった。

　ポロリと涙が一度こぼれると、そこから堰（せき）を切ったように流れだして止まらなくなる。

「うう～っ」

「よしよし」

「ろ、狼くんの、ばかぁ～っ」

「本当ですね。後（のち）ほど私がちょんぎって差し上げますからね」

　ちょんぎるって、いったいどこを？

　一瞬そう思ったものの、そんな小さな疑問は涙と一緒に押し流されていった。

　いまは思い切り泣いていたい。

　子どもみたいに声を上げて泣く私を、寧々子ちゃんはずっと抱きしめてくれていた。

　狼くんやおじいちゃんへの文句もたくさん言ったけど、全部うんうんって聞いてくれて、その通りだって肯定してくれて、それだけで救われた気がした。

　寧々子ちゃんっていう大切なお友だちがいるんだから、

もう恋なんていいや。

　私がそう言うと、寧々子ちゃんは照れくさそうに笑っていた。

「ありがとうございました」

　中休み、保健室を出てひとりで廊下を歩き出す。

　昨日に続きまた泣いたせいで、目の周りがパンパンに腫れて赤くなってしまった。

　保健室で冷やしてもらったけど、まだ少し腫れている気がする。

「狼くんから離れた日にこの顔じゃ、何かあったって言ってるようなものだよね……」

　昼休みには元に戻っているかな、と前髪を整えてなるべく目の周りが隠れるようにしていると、前から剣馬が駆けてきた。

「仁葵」

「剣馬？　どうしてここに」

「本間さんに聞いた。ひとりでフラフラするな」

「フラフラって、校内なのに」

「校内でもだ。出歩くときは俺に声をかけろ。ったく。やっぱり同じクラスにしろと抗議するべきだった……」

　そうだ。

　はじめてクラスが分かれたとき、剣馬はボディーガードの仕事がしにくいと怒って学校側に抗議しようとしたけ

ど、私が止めたんだ。

　おじいちゃんなら、寄付金を積んで剣馬と同じクラスにさせるくらい簡単にしてしまえるだろうけど、そういうことをされるのはイヤだったから。

　学園には皇族に連なる生徒もいるけど、剣馬のようなあからさまな護衛はつけていない。

　そう説得してクラスは変えないままいくことにしたけど、剣馬はそれがずっと不満だったみたい。

「ほんと過保護なんだから。剣馬やおじいちゃんがそんなだから、私が世間知らずになっちゃったんだよ」

「俺のは過保護じゃない。仕事だ。でも……お前が世間知らずなのは、確かに俺が原因のひとつだろうな」

　珍しく私の意見を肯定した剣馬に、首をかしげる。

　人のせいにするなって言われると思ったのに。

「別にそれでいいと思ってた」

「どういう意味？」

「お前が世間知らずでも、俺が守ってやればいいと」

　私は驚いて剣馬を見上げた。

　いつも世間知らずだ、常識がないってバカにしていたのに。

　本当にそんなことを考えていたの？

「花岡家は一般の家庭とはちがう。多少世間知らずでも仕方ないし、むしろその方がいいとも言える。だからこそ俺が守ってやらなきゃいけない」

「剣馬……」

「俺は本気でそう思ってたんだ。なのにお前は、あんなや
つに……っ」

　剣馬の顔が苦々しげに歪む。

　いま剣馬の頭に浮かんでいるのは彼なんだろうな。

　そう思ったとき、廊下の向こうにいままさに想像してい
た人を見つけた。

　田沼くんをはじめとしたクラスの男子と、狼くんが一緒
に歩いている。

　思わず私が足を止めると、剣馬も立ち止まった。

「仁葵……？」

　私の視線の先にいる人に気づいて剣馬の目が鋭くなる。

　同時に狼くんも私たちを見て足を止めた。

　胸が痛い。心は嘘をつけない。

　まだ狼くんが好きだと叫んでいる。

　婚約者がいることを知っても、嘘をつかれていたことを
知っても、彼を好きだという気持ちは変わってくれない。

　どうしたらこの想いを、恋を終わらせられるんだろう。

「……くそっ」

　剣馬は私の腕を取ると、私の視線を狼くんから引きはが
すように早足で歩きだした。

　つかまれた腕が痛いけど、何も言わずについて行く。

　自分じゃ狼くんから目を離すことができなかったから良
かった。

　やがて剣馬は空いていた一室に私を押しこんだ。

　普段ティールームとして使われている部屋には、いまは

誰もいない。

　乱暴に扉を閉めた剣馬。

　どうしてこんな所に、と戸惑っていると、力任せに壁に押し付けられた。

「何であんな目であいつを見るんだ!?」

「け、剣馬？」

「婚約者がいながら、お前に手を出すような最低野郎だぞ!? そんなやつのどこがいいんだ！」

「でも、狼くんは私を助けてくれて。ずっと優しくしてくれて……」

「優しいだけの男ならごまんといる！　下心があれば大抵の男は優しくなるんだよ！」

　そんなこともわからないのか！と怒鳴られて、すぐには言葉が出なかった。

　わからないよ……そんなの。

　だって私の知ってる男性は、剣馬とクラスメイトくらいしかいないんだから。

　みんな優しくしてくれた。親切だった。

　それも下心があるからだったの？

　狼くんは私の知っている数少ない男の人の中でも、とびきり優しかった。

　それは特別下心があったからなの？

　そんなの、わかるわけないよ。

　さっきは世間知らずのままでいいって言ってたのに。

　わからなかったんだから、しょうがないのに。

　好きになっちゃったものは、どうしようもないのに。

　私だって……苦しいのに。

　ぽろりと涙がこぼれ落ちた。

　至近距離にある剣馬の顔が、一瞬強張る。

「わかんないよ……」

「に、仁葵」

「どうしたらいいのか、わかんないんだよ。どうしたらこの気持ちを忘れられるの？　どうしたら嫌いになれるの？」

　狼くんはひどい、ずるいって思おうとしても、だめなんだ。

　彼と過ごした楽しい時間ばかりが浮かんでくるから。

　ルポを見つめる優しい瞳や、私にだけ見せてくれた微笑み。

　繋いだ手のぬくもりや、彼の持つ香り。

　私を呼ぶ甘い声や、少し幼い寝顔。

　抱きしめてくる腕の強さに、重なった唇の柔らかさ。

　忘れようとしても次々とよみがえり、余計に胸が苦しくなる。

「もう、わかんない……教えてよ」

　どうしたら恋を終わらせられるのか、教えて。

　私のことを世間知らずにしたのは剣馬なんだから、責任をとって教えてよ。

　言いながら、そんなことはムリだと思う冷静な自分がいた。

190

　剣馬は何でもできるすごい幼なじみだけど、人の心を簡単に変えることなんてできやしないだろうって。

　無茶を言っている自覚はある。

　こういうところが子どもっぽいんだろうな。

　余計に涙が溢れてきたとき、まぶたにそっと柔らかな感触が下りてきた。

「え……？」

　それは、剣馬の唇だった。

　泣いてばかりの私の目をなぐさめるように、また触れるだけのキスが落とされる。

「け、剣馬……？」

「……泣くな」

　さっきまでの怖い顔も声も消えていた。

　代わりに切ない色を乗せた幼なじみが、目の前にいる。

「お前に泣かれると、だめなんだ……」

　初めて見る幼なじみの表情に、動けなくなった。

　私が固まっていると、剣馬の顔がまたゆっくりと下りてきて——。

　あ。キスされる？

　そう思ったとき、突然剣馬の体が離れ、次の瞬間には横に吹き飛んでいた。

「いま何しようとしてた!?」

「狼、くん……？」

　剣馬の代わりに私の前に立ったのは、さっき田沼くんたちといたはずの狼くんだった。

　拳を握りしめ、倒れた剣馬を見下ろしている。

　もしかしていま、剣馬のことを殴ったの？

　狼くんが暴力を振るうなんて、想像したこともなかった。

「飛鳥井……」

「三船。さすがにボディーガードの領分を越えてるんじゃ
ない？」

「だとしても、てめぇに言われる筋合いはねぇよ！」

　すぐさま剣馬が反撃に出る。

「待ってふたりとも……！」

　今度は剣馬が狼くんにつかみかかろうとした。

　それを狼くんはするりと躱し、再び剣馬の顔に鋭く拳を
めりこませた。

　剣馬はそれをものともせずに、狼くんのお腹を殴り返す。

「ムカつくんだよ！　当たり前みたいな顔して仁葵ちゃん
の隣りにいるのが！」

「こっちのセリフだ！　いきなり出てきて、仁葵の彼氏ヅ
ラしやがって！」

「それはお前だろ！　何がボディーガードだ！　本音が透
けて見えるんだよ！」

「だから、てめぇに言われたくないっつってんだろ！」

　そこからはもう、蹴る殴るの応酬だった。

　とても入っていけないくらいの激しい殴り合い。

「狼くん！　剣馬もやめようよ！」

「仁葵ちゃんは下がってて！」

「ケガすんだろ、離れてろ！」

「だったらケンカなんてしないでよ……っ」

　私がいくらやめてと訴えても、ふたりは止まらなかった。

　どんどんふたりがボロボロになっていく。

　どうしてこんなことになっちゃったんだろう。

　私が狼くんのことを嫌いになれないから？

　失恋したのに、まだ好きなままだから？

　わからないけど、たぶん、きっと私のせい。

　もう見ていられなくて、私は部屋を飛び出した。

「誰か！　誰か来て！」

　誰でもいいから、ふたりを止めて！

　必死に助けを求めていると、騒ぎを聞きつけた生徒や先生が集まってくれた。

　興奮した狼くんと剣馬はまるで説得に応じなくて。

　結局数人がかりで狼くんと剣馬を引きはがし、なんとかその場は収まった。

　騒ぎのあと、私たちは生徒指導室へと連行され、先生たちの前に立たされた。

　右には狼くん。

　左には剣馬。

　真ん中に立たされた私は、居たたまれなくて気が遠くなる。

　ああ、帰りたい。

　花岡の家に一刻も早く帰りたいと思う日が来るなんて。

「で……何が原因だったんだ？」

　生徒指導の先生が尋ねても、ふたりは答えない。

　私も、私があきらめが悪いせいなんです、とは言いにくくて黙っていた。

「何とか言ったらどうなんだ？」

「こんな騒ぎになってしまったんだ。親御さんに連絡しないわけにはいかない」

「そのために、こちらも事情を把握しておかないと」

　親に連絡、と言われて思わず剣馬を見た。

　三船の家に連絡がいったら、必然的におじいちゃんにも情報が行く。

　剣馬は花岡に仕える者として、おじいちゃんには知られたくないんじゃないのかな。

　そう思ったけど、剣馬は動揺した様子もなく真っすぐに前を向いていた。

　見た目はボロボロだけど、堂々としているところは変わらない。

　右隣りにいる狼くんもそれは同じだった。

　まだ怒りを引きずっているかのように、厳しい目を前に向けている。

「……俺は、謝りません」

　しばらくの沈黙のあと、そう言ったのは狼くんだった。

　先生たちがギョッとしたように顔を見合わせる。

「三船にも謝ってもらう必要はないと思ってます」

「飛鳥井。それは――」

「俺もです。謝る気も、謝られる気もありません」

　先生の言葉を遮って、剣馬もきっぱり言い切った。

　俺たちの問題に口を挟むな。

　ふたりの態度がそう言っている。

　私がそう感じたくらいだから、先生たちにも伝わっているだろう。

　戸惑う教師たちに、狼くん、剣馬を見て、私はこっそりとため息をついた。

　結局私たちは、特におとがめなしで解放された。

　もしかしたら連絡を受けた双方の家が、学校側に何か働きかけたのかもしれない。

　それはきっと私には教えてはもらえないだろう。

「あの、狼くん」

　先に指導室を出て歩き出していた狼くん。

　その背中に声をかけると、彼は振り返ってくれた。

　そのことに少しほっとする。

　まだ、嫌われてないんだ……って。

「剣馬がごめんね。その……ケガしたところ、冷やしてね」

　きれいな顔があちこち腫れて、痛々しい。

　心配で私はそう言ったんだけど、なぜか狼くんは余計に傷ついた顔をした。

　どうしてそんな顔をするの？

「君は……」

　狼くんが何かを言いかける。

　でも私の隣りに剣馬が立つと、彼は口を閉じた。

　狼くんも剣馬も、黙ってお互いを睨み合う。

　またケンカが始まったらどうしよう。

　そうなったら、今度は絶対に止めないと。

「……仁葵ちゃん。俺は、君にも謝ってほしくなかった」

　驚いて、狼くんを見る。

　でも狼くんは私の視線を避けるようにうつむいた。

「君はやっぱり、三船側に立つんだね」

「狼くん、私……っ」

　言わなくちゃ。

　何か、何か伝えなくちゃ。

　でもその伝えるべき言葉を、私はすぐに見つけることが
できなかった。

　狼くんは力なく首を振り、私たちに背を向ける。

　そのままひとりで歩き去ってしまった。

　もう呼び止めることはできなかった。

「いまのはちょっと、あいつに同情したぞ」

　黙って聞いていた剣馬にまでそう言われ、落ちこんだ。

　傷つけたいわけじゃなかったのに。

　でも好きだと言えるわけもない。

　だから……これで良かったのかな。

　胸の痛みはどんどん強くなっていくけど、良かったんだ
よね。

「家に帰ったら、目を冷やせよ」

　学校が終わり車に乗りこむと、そう剣馬に言われ素直に
うなずく。

　自分の目元に手をやると、まだ熱を持っていて腫れぼっ
たかった。

　おじいちゃんに会う前には、冷やしてできるだけ元に戻
しておきたい。

　家出した揚げ句に泣いて帰って来るなんて、またバカに
されそうだし。

　そう思ったけど、私の願いは叶わなかった。

　剣馬と家に戻ると、珍しくおじいちゃんがいたのだ。

　普段は視察だ会議だってあちこち飛び回っていて、明る
いうちに家にいることなんてめったにないのに。

　目を冷やすことはあきらめ、仕方なくエントランスの左
手にあるリビングルームに入った。

「……おじいちゃん」

　光の差しこむ洋室で、和服姿のおじいちゃんは紅茶を飲
んでいた。

　ソファーに腰かけ、厳めしい顔で。

　洋館と和服。

　ちぐはぐなようでいて、でも不思議とおじいちゃんは浮
かずに馴染んでいる。

「帰ったか」

　カップを置き、おじいちゃんが厳めしい顔を上げる。

　怒られるだろうと覚悟していたのに、おじいちゃんの態
度は私が出て行く前と変わらなかった。

「帰って来たということは、気が済んだんだな」

「……はい」

　まるで、こうなることはわかっていたとでもいうような態度に、カッと顔が熱くなる。

　自分がいかに子どもか、改めて思い知らされたみたいで、恥ずかしくて泣きたくなった。

「男の家に上がりこんでいたそうだが、相手はどうした」

「……好きって気持ちだけじゃどうにもできないこともあるんだよ」

　狼くんの笑顔を思い出して涙が浮かぶ。

　そんな私に気付いたのか、剣馬が一歩前に出て頭を下げた。

「新造さま。今日はご迷惑をおかけしました。学校から連絡が行ったのですよね」

　やっぱり、おじいちゃんが学園側に何か働きかけたから、処分されずに済んだのか。

　お金や権力を使うってなんとなくイメージが悪いけど、大切な人を守れることもある。

　そう考えると、花岡に生まれたことを少しは肯定できる気がした。

「剣馬。ずいぶんと男前になったものだな」

「見苦しく、申し訳ありません」

「まったくだ。三船家の者としてもっと自覚を持て。さもなくば仁葵の護衛から外すことになるぞ」

　肝に銘じます。

　そう言ってさらに深く頭を下げる剣馬。

　おじいちゃんはそんな剣馬を一瞥すると、また私に視線を戻した。

「予定通り、見合いは今週末だ」

　ハッとしたように剣馬が顔を上げる。

「新造さま……！」

　一歩前に出ようとした剣馬を、私は手で制した。

　お見合いについて抗議しようとしてくれたのはすぐにわかった。

　おじいちゃんの忠犬のくせにね。

　なぜ、という顔で見てくる剣馬に首を振る。

　だってこうなることは、わかっていたから。

　家に帰るってそういうことだもん。

　小さく深呼吸をして頭を下げた。

「わかりました」

「おい、仁葵……」

「お見合いはします。でも、その先はまだ白紙にしておいて」

　じろりとおじいちゃんに睨まれたけど、それは譲れなかった。

　お見合いはする。相手に会ってみる。

　でもその先は、会ってみなくちゃわからない。

「……家出して、少しは学んだようだな」

「新造さま。待ってください。仁葵にはまだ早いのでは──」

「剣馬。この件に口を挟むのなら、それなりの覚悟が必要だ。わかっているのか」

重い響きのひとことに、剣馬はぐっと押し黙る。

何かに葛藤（かっとう）するような顔をしていた。

握りしめた手を震わせていた剣馬は、やがてフッと力を抜くと頭を下げた。

「申し訳ありません」

「……やれやれ」

あきれたように呟き、おじいちゃんが肩を落とす。

もう下がりなさいと言って、また紅茶を飲みはじめた。

私たちは言われた通り、揃ってまた頭を下げリビングルームを出る。

エントランスに戻ると、緊張の糸がほどけて自然とため息がもれた。

「剣馬……大丈夫？」

「ああ……」

剣馬はまだ緊張が切れないのか、厳しい顔をしていた。

「ありがとね。お見合いのこと、おじいちゃんに逆らってくれて」

「仁葵。……本当にするのか」

俺は反対だ、と剣馬の顔に書いてある。

過保護な幼なじみに自然と笑顔になった。

「うん。それが花岡の家に生まれた私の義務みたいだから」

家出する前は、その義務がイヤでイヤでしょうがなかった。

でもいまはちがう。

義務は放棄せずに、同時に自分の意思も守ろうという気

持ちでいる。

　いろいろあって、結果失恋したけど家出してよかったなと思う。

　見えないものが見えるようになったし、つらい経験以上に楽しい思い出もたくさんできた。

　全部、あの夜に拾ってくれた狼くんのおかげだ。

「大丈夫。私、義務にもおじいちゃんにも負けないから」

　できるだけ明るく言ったつもりだった。

　それなのに、なぜか剣馬はつらそうに顔を歪めうつむいてしまう。

「俺は……すまん。どうしても、三船であることを捨てられない」

「何言ってるの。別に捨てなくていいって。花岡に仕えることが剣馬の誇りなんでしょ？」

　小さな頃から、数えきれないくらい聞いたセリフを言ってやる。

　笑ってくれるかなと思ったけど、剣馬は泣き笑いみたいな顔をして首を振った。

「ちがうの？」

「いや、ちがわない。ただ……」

　剣馬のいつもは鋭い瞳が、じっと私を見つめてくる。

　真っすぐに、心まで射抜くように。

「本当は、俺がお前を——」

　大きな手が私へと伸びてくる。

　でもそれは私の頬に触れるか触れないかのところで、ぴ

たりと止まった。

「剣馬……？」

「……何でもない。忘れてくれ」

　伸ばしかけた手を握りしめると、剣馬は私に背を向けた。

「早く目、冷やせよ」

　それだけ言うと、何かを強引に振り切るように、足早に
エントランスから出て行く。

　何か声をかけなきゃいけない。

　そんな気がしたけど、結局私は幼なじみの背中にかける
言葉を見つけられずに見送った。

　狼くんにも剣馬にも、私は何もできないのか。

　大切な人にかけるべき言葉もわからないなんて。

　私が世間知らずの子どもじゃなければ、ちがったのかな。

　ひとりきりの廊下に吐いたため息は、ひどく大きく響い
た。

　その夜、久しぶりに自分のベッドに入った。

　慣れ親しんだリネンの感触、パジャマの柔らかさ、白い
天井。

　家出前と何も変わっていないはずなのに、何かがちがう。

　寝付けずにいると、スマホにメッセージが届いた。

「え……狼くん？」

　画面に彼の名前が表示されている。

　それを見ただけで心臓が大きく跳ねた。

　ドキドキしながら確認すると、短くこう書かれていた。

『ごめんね、仁葵ちゃん。君にひとつ、隠していたことがある。今度話すから、そのときはどうか俺の話を聞いてほしい』

「……これだけ？」

　隠していたこと。

　きっと婚約者の美鳥さんの存在だろう。

　いまさら彼女の話をされても、私はどうしたらいいのかな。

　狼くんはそれを私に話して、どうしたいんだろう。

　わからない。わからないけど——。

「彼にお願いされたら、きっと話を聞いちゃうんだろうなあ……」

　失恋したのに、まだ彼に恋をしている。

　バカだなあと自分でも思う。

　スマホをぽいと手放し、枕に顔を埋める。

　返事はしなかった。

　それが私にできる、ささやかで最大の反抗だった。

☆
☆
☆
☆

【同居の心得その7】

仲直りは早めにすべし

　剣馬の手を借りて車を降りる。

　晴天の下に出ると、さすがに振袖姿は暑くて手で仰ぎたくなった。

「仁葵」

　すかさず剣馬が日傘を広げてくれて、ありがたく受け取る。

　それにしても、お見合いの場所がここだなんて。

　皮肉だなあと、目の前にそびえ立つホテルを見上げた。

　ここは子どもの頃、パーティーを抜け出して庭の池に落ちるという失態をおかしたホテルだった。

　初恋の彼……飛鳥井狼くんと、はじめて出会った場所。

　あの夜のことは、いまだに鮮明に覚えている。

　それは昨日のことのように。

　狼くんとはあれから一度も話していない。

　隠していたことを話すとメッセージが来たけど、それだけで。

　あれから直接はもちろん、電話がかかってくることもメッセージが届くこともなかった。

　学校でも言葉を交わす機会もなく。

　彼と同棲した短い日々が、夢の中の出来事だったんじゃないかと思えてきて寂しかった。

「行くぞ仁葵。先方はもう到着しとる」

「はい……」

　先に歩きだしたおじいちゃんの後に続いてホテルに入る。

　お見合いは日本庭園が見渡せる料亭で行われるらしい。

　それに合わせて、私も華やかな空色の振袖を着せられた。

　お見合いにお着物って、いつの時代だ。

　ワンピースでもいいんじゃない？と言ったけど、おじいちゃんに無言で睨まれたのだ。

　料亭でやるならまあ仕方ないのかもしれないけど……。

　なんだかすごく気合が入ってるみたいでイヤなんだよなあ。

　このお見合いに積極的な姿勢で臨んでます！って思っているようにとられたらどうしよう。

　そんなことを考えるのは自意識過剰だろうか。

　その気持ちが顔に出ていたのか、剣馬に「大丈夫か」と心配されてしまった。

「うん。まあ、大丈夫でしょ」

「お前にしてはずいぶん楽観的だな……」

「楽観的っていうか、開き直ったって言ったほうが正しいかな」

「開き直った？　どういう意味だ」

「お見合いを受けるって決めたのは私だし。とにかく誠心誠意やるしかないよねってこと」

　おじいちゃんだって、私が不幸になるような人を見合い相手には選ばないだろう。

　横暴でも人を見る目はある。

　だから花岡グループは今日まで成長し続けているんだろうから。

　会社の駒としてじゃなく、一応おじいちゃんなりに、孫の私の幸せを願ってくれてるはずだと信じてる。

　頼むよ、おじいちゃん。

「……俺はここまでだ」

　料亭の入り口で剣馬が立ち止まる。

　おじいちゃんは私たちを一瞥すると、先に中に入っていった。

　剣馬は真剣な顔で、私を真っすぐに見つめてきた。

「仁葵、本当にいいのか」

「剣馬……」

「いまならまだ引き返せるぞ」

　念を押すように最終確認をしてくる幼なじみ。

　ぶっきらぼうで、口うるさくて。

　世話焼きで優しい剣馬に、これまで何度助けられてきただろう。

　でももう心配かけちゃいけないよね。

　私は世間知らずな子どもから、そろそろ大人にならなくちゃ。

　剣馬とは逆に、私は軽い感じで笑って見せた。

　心配しないでと言うつもりで。

「大丈夫！　じゃあ、行ってくるね」

「……ああ」

　痛みに耐えるように一瞬剣馬が眉を寄せる。

　それでも私の幼なじみは、微かに笑って送り出してくれた。

　剣馬はきっと、私がどんな相手と婚約、結婚したとして
も、三船家の者としてついてきてくれるだろう。

　いけ好かない相手でも、何でも。

　だから私は慎重に相手を見極めなきゃいけないと思う。

　好きだから、だけじゃきっと足りない。

　いまようやく、それを理解できた。

　店内に入ると、おじいちゃんが席に向かわず待っていて
くれて、私を見るとひとつ頷き歩きだした。

　黙ってそれに続いて奥へと向かう。

　貸し切りにしているのか他の客の姿はなく、店は静まり
返っていた。

　それが余計に緊張した。

「中でお連れさまがお待ちです」

　座敷の襖の前で、店員が恭しく頭を下げ言った。

　お連れさま。

　つまり、今日のお見合い相手だ。

　おじいちゃんの旧友の孫で、私と同い年という情報しか
知らされていないけど、おじいちゃん曰くとても優秀な人
らしい。

　私は頭の出来が良いとはとても言えないレベルだけど、
話は合うのかな。

　頭の良い人の話についていけなかったらどうしよう。

　開き直ったつもりだったけど、全然だめだ。

　緊張で吐いちゃいそう。

「失礼いたします。お連れさまがいらっしゃいました」
「どうぞ」
　短い返事でも、穏やかさが伝わってくるような声だった。
　店員が襖を開き、おじいちゃんが先に入る。
「久しぶりだな」
「いや、先月会ったばかりだろう」
「年だからもう忘れた」
「よく言う」
　とすぐに軽口が交わされるのが聞こえてきた。
　それを聞きながらも、私は敷居をまたげず固まっていた。
　すぐそこにお見合いの相手がいる。
　もしかしたら、私が将来結婚することになるかもしれない人が。
　本当にいいの？
　このまま会っちゃっていいの？
　覚悟を決めたはずなのに、この期に及んで足が竦むんて。
　情けないと自分で自分にあきれたくなる。
　でも、さっきから狼くんの顔が頭に浮かんで離れないんだ。
　私を助けてくれたときの、厳しい顔。
　ルポを可愛がるときの、慈愛に満ちた顔。
　いつもより少し幼く見える、安らかな寝顔。
　私をエスコートしてくれる、凛とした横顔。
　抱き着いてくるときの、警戒を解いた甘え顔。

　七色の光に照らされた、きれいでかっこいいキスの顔。

　まだこんなに狼くんのことを想っているのに、私は——。

「仁葵。何をしている。早く入ってきなさい」

「……はい」

　おじいちゃんに呼ばれ、ぐっと目をつむる。

　そして自分に改めて強く言い聞かせた。

　私はもう失恋したんだ、と。

　いまはムリでも、いずれ狼くんのことも過去の恋として
ゆっくりと忘れていく。

　つらいのはいまだけで、心に蓋をしていればいい。

　鈍感なフリをしてやり過ごせばいい。

　時とともに痛みが去っていくまで。

　だから大丈夫。

　顔を上げ、一歩踏み出した。

　部屋に入ると、日本庭園を一望できる大きな窓を背に、
眼鏡をかけてダークブラウンの落ち着いたスーツを着た白
髪の男性がいた。

　穏やかな顔でおじいちゃんと談笑しているこの人が、『で
きた男』と言われていた旧友だろう。

　そしてその横に座り、私を見ていたのが——。

「……え？」

　驚きすぎて、錦のバッグを落としてしまった。

　どうして彼がここにいるの？

　もしかして私、車の中で眠っちゃって、いまは夢の中だっ
たりするのかな？

　つまりこの光景は、私の願望？

　呼吸も忘れただ固まっていると、彼が動いた。

　ゆっくりと立ち上がり、私の落としたバッグを拾ってくれた。

「仁葵ちゃん……」

　切なそうな、申し訳なさそうな、バツが悪そうな。

　そんな複雑な顔で私を見つめているのは間違いなく、飛鳥井狼くんだった。

　色素の薄い柔らかな髪を横に流し、体にぴたりとフィットしたスーツを着た狼くんは、普段よりぐっと大人っぽく見える。

　ライトブラウンのスーツに合わせたネクタイは、偶然にも私の着物と同じ鮮やかな空色だった。

「どうして、狼くんが……」

「ごめん」

「そんな。謝ってほしいわけじゃなくて」

「メッセージを送った通り、ずっと仁葵ちゃんに隠してたことがあるんだ」

「どういうこと？　わかんないよ……」

　軽いめまいを覚えるくらい混乱していた。

　いま目の前に彼がいる事実が、私の置かれた状況がちっとも理解できない。

　立っているのもやっとな私に「まあ、立ち話もなんだから」と眼鏡の男性が優しく声をかけてくれた。

「ふたりとも、まずは座ったらどうかね。時間はたっぷり

あるんだから」

「飛鳥井よ。わしはそんなに暇じゃないぞ」

「相変わらずだな。なら花岡は先に帰っても構わないよ」

「む。何だと？」

「僕が若いふたりを責任もって見届けよう」

「……帰るとは言ってない。仁葵、さっさと座らんか」

　ムスッとした顔で私を急かすおじいちゃんを、眼鏡の男性は優しい目で見ている。

　この人がおじいちゃんの旧友で、そして飛鳥井くんのおじいちゃんなの？

　それは、どこまでが偶然なんだろう。

「仁葵ちゃん。座ろうか」

「あ……。う、うん。ありがとう」

　狼くんにバッグを手渡され、どぎまぎしながら受け取る。

　向かい合う形で座ると、さっそく狼くんのおじいさん（辰男さんというらしい）が深々と頭を下げるので驚いた。

「この度は、孫である狼のわがままを聞いていただき、感謝しています」

　辰男さんと同じように、狼くんも深く頭を下げた。

　おじいちゃんはフンと短く鼻を鳴らし、腕を組む。

　どうもおじいちゃんは事情を知っているようだけど、私には何が何だかさっぱりわからない。

　元から詳しい説明なんてしてくれない人だけど、あんまりなんじゃない？

「ええと……どういうこと？」

「この見合いは、わが孫の強い希望で実現した、ということですよ。仁葵さん」

辰男さんはおじいちゃんとはちがい、とても親切らしい。

私を気づかうように、ゆっくりと話してくれる。

「狼くんが、希望した……？」

待って。本当にわけがわからない。

最初におじいちゃんが言いだしたお見合いとこのお見合いは、まったく別物ということ？

私が狼くんと同棲を解消したあと、狼くんがおじいちゃんに私とのお見合いを頼みこんだとか？

「花岡。仁葵さんには何も説明していないのかい」

「このはねっ返りにはずいぶん苦労させられたからな」

「そんな大人げない。苦労したのはお互いさまだろうに」

「うるさい」

おじいちゃんふたりのやりとりに、私は驚きというか、感動して言葉が出なかった。

あの横暴で人の話なんて聞きやしないおじいちゃんを、諫められる人がいるなんて！

狼くんのおじいちゃんはとても穏やかで、うちのおじいちゃんとは正反対な雰囲気だけど、どうも立場は上のように見えた。

仕方ないやつだな、と眼鏡の奥の目が優しく語っている。

まるで聞き分けのない弟を相手にしているみたいに。

「仁葵さん。狼の両親は海外勤めでね。狼も海外の暮らしに不満はないようだったのに、あるときから日本で暮らし

たいと言うようになったんです」

「そう、なんですか……」

「僕と住んでも良かったんですが、両親が許さなくてね。でも高校生になったら絶対に日本で暮らしたいと、子どもの頃から言い続けていたんですよ」

狼くんの背中を優しく叩き、辰男さんは笑みを深める。

「どうしても日本でやりたいことがあるって言うんです。詳しくは教えてくれないんですが、どうも人を探しているみたいでね」

人探し？　狼くんが？

「結局入る学校も、住む場所も、自分で決めて本当に親元を離れ日本で暮らし始めてしまった。そこまでして会いたい相手とは、いったいどんな人なんだろうと僕も気になっていたんですよ」

「それって……」

「花岡仁葵さん。狼があなたに会いたいと願っていたように、僕もあなたに会うことを楽しみにしていました」

辰男さんの横で、狼くんが黙ったまま頬を少し赤くしている。

つまり、辰男さんの話は本当だということ？

私は狼くんと辰男さんを交互に見て、何度もまばたきを繰り返すしかない。

狼くんが小さな頃から、私に会いたいと願っていた？

でも、一体どうして……。

「おっといけない。年を取るとお喋りになってしまうよう

でね」

「ワシはちがうぞ。一緒にするな」

「いやなに。花岡も昔に比べればずいぶん話すようになっ
たじゃないか。この間会ったときだって、孫自慢が止まら
なかったくせに」

「お、おい！　勝手なことを言うな！」

　慌てるおじいちゃんに、辰男さんはからからと笑ってい
る。

　おじいちゃんが、孫自慢？

　おじいちゃんには子どもはお母さんしかいなくて、私は
その一人娘。

　つまりおじいちゃんの孫は私しかいない。

「おじいちゃん、私のこと自慢したの……？」

「し、してない」

「してないの？　まあ……そうだよね。私、出来の良い孫
じゃないし」

　そんなことあるわけなかった。

　だって、あのおじいちゃんだよ？

　私を自慢するわけがない。

　期待した自分がバカみたいで、肩を落とす。

「むぅ……」

「いい年をして、何を照れてるんだ花岡。仁葵さん。花岡
はあなたのことを、目に入れても痛くないくらい愛してい
るようですよ」

　辰男さんの言葉に、おじいちゃんが「飛鳥井は黙っと

れ！」と声を荒らげる。

　でも辰男さんはまるで聞こえていないかのように笑顔で続けた。

「年々きれいになっていくとか、わがままなところもあるが家族思いだとか。過保護に育てたせいで世間知らずになってしまったから、この先悪い男に引っかからないか心配だとかね」

「嘘……おじいちゃんが、そんなことを？」

「それで仁葵さんの見合い相手を探すことにしたようですよ。仁葵さんを任せられるような誠実な男を見つけてやらなければって、意気込んでいたからね」

　信じられない気持ちでおじいちゃんを見ると、おじいちゃんは顔を真っ赤にして震えていた。

　かと思えば突然立ち上がり「もう知らん！」と叫び出す。

「あとはお前たちで勝手にしろ！　ワシは帰る！」

「えっ。ちょ、ちょっとおじいちゃん!?」

　おじいちゃんは辰男さんと狼くんをギッと強く睨みつけると、襖を壊す勢いで開いた。

　そしてそのまま、肩を怒らせ本当に出ていってしまった。

　そんな、嘘でしょ……。

　もう知らんって、あれじゃあ横暴というより子どもの癇癪（かんしゃく）だよ。

「あの、すみません。祖父が大変な失礼を……」

　いくら相手が旧友でも、お見合いの席で勝手に帰るなんて、失礼にもほどがある。

　申し訳なくて頭を上げられずにいると、辰男さんが小さく吹き出した。

「いや、すまないね。本当に若い頃から変わっていないなと思うとおかしくて。どうか頭を上げてください、仁葵さん」

「はい……。あの、祖父は昔からああだったんですか？」

　頑固じじいだと思っていたけど、年を取る前から頑固だったんだろうか。

「そうとも。分が悪くなると、すぐにああして怒って見せて逃げ出すんだ。そして次に会ったときには何事もなかったように振舞う」

「子どもですね……」

「そういうわかりやすいところが、僕は好きですよ」

　なんて出来た人だろうか。

　私なら絶対そんな風に言えない。

　辰男さんみたいな人だからこそ、おじいちゃんと友だちでいてくれたんだろうなと思う。

　人を従えるのは得意でも、対等に接するのは苦手なおじいちゃん。

　そんなおじいちゃんにとって、辰男さんは得難い人だったにちがいない。

「さて。花岡じゃないけど、僕も早めに失礼しよう」

「え……。でもお料理もまだですよ」

「いやいや。年寄りはお邪魔でしかない。狼もさっさと行けという顔をしていますしね」

　まさか、と狼くんを見れば、気まずそうにそっと顔を背けられた。

　え？　本当にそんな顔をしていたの？

　辰男さんが笑うと、狼くんの形の良い耳が赤くなる。

「仁葵さんはまだ聞きたいことがあるでしょうが、あとは狼から説明します」

「狼くんから、ですか」

「これも身勝手で先走るところがありまして、仁葵さんにはご迷惑をおかけしたかもしれませんが、不実なことはしないやつです。どうか話を聞いてやってください」

「……はい。私も、話したいことがあるので」

　私の返事に辰男さんはにっこり笑うと、またお会いしましょうと言って部屋をあとにした。

　なんだか、心をあったかくしてくれる人だったなあ。

　残された私と狼くんは、お互いにしばらく無言で見つめ合った。

　だって、何て声をかけていいのかわからなくて。

　だから「仁葵ちゃん」と彼の方から声をかけてくれて、ほっとした。

「……はい」

「外に、出てみない？」

　微笑みを浮かべる彼の背後。

　そこに広がる緑の庭園に目をやって、私は小さく頷いた。

　料亭を出て、このホテル自慢の日本庭園を彼の後ろにつ

いて歩く。

　少し前までは手を繋いで歩いていたのになあ。

　しかも恋人繋ぎで、手だけじゃ足りずに腕も触れ合うようにして。

　そう思ったとたん、履きなれない草履のせいでつまずいてしまう。

　でも転ぶ直前、振り返った狼くんが私の体を抱きとめてくれた。

「あ……っ」

「大丈夫？」

「う、うん。平気」

「ごめんね。もっとゆっくり歩こうか」

「……ありがとう」

　遠慮がちに差し伸べられた手を、私も遠慮がちにとる。

　デートをしたときみたいに握るんじゃなく、そっと添えるだけだけど、少しだけ距離が戻ったような気持ちになった。

　だから聞くならいまだと思った。

　これを逃したら、私からはもう聞けそうにない。

「あの、狼くん」

「うん」

「昨日の、隠してたことがあるって……」

「そう。俺はずっと、君に隠していたことがある。聞いてくれる？」

　覚悟を決めてうなずく。

　私はまだ、狼くんのことが好きだから。

　彼のことをちゃんと知りたい。

「僕にはね。子どもの頃からずっと会いたかった子がいるんだ。会って、まずは謝りたいと思ってた」

「謝る……？」

「俺のせいで、怖い思いをさせちゃったから」

　怖い思いってどんなことだろう。

　私に関係ある話じゃなさそうだけど、黙って聞く。

「でも俺は子どもで、ひとりで日本に戻ることを親が許してくれなくてね。それでもその子のことがずっと忘れられなくて。じいちゃんに協力してもらって、高校生になってなんとか日本に戻ることができたんだ」

　その子について知っていたのは、自分と同じ年くらいだったことと、名前だけ。

　たったそれだけの情報を頼りに、狼くんは人探しをしたらしい。

　謝りたいっていうだけで、そんなに必死に誰かを探し続けるものなのかな。

「ようやく見つけて、その子と同じ学校に入ることができた。でもその子にはすでに、特別な相手がいたみたいでね。俺は近づくこともできなかった」

　それってつまり……。

　狼くんにとってのその子も、特別だったということ？

　話の流れから、美鳥さんとはちがうことはわかる。

　顔も知らない相手の存在に、胸がズキズキと痛みだした。

　誰だろう。

　鳳学園の生徒ってことだよね。

「もう昔のことなんてとっくに忘れてるだろうし、その子
は幸せそうだったから、俺が声をかけて邪魔するのは悪い
……っていうのは、全部言い訳」

　本当は勇気がなかっただけだ。

　相手にされなかったときに傷つくのが恐かっただけ、と
狼くんは自嘲するように言った。

　そんなに好きだったんだ……。

　だめだ。胸が痛すぎて泣いてしまいそう。

　でも気になって、耳をふさぐこともできない。

「その相手と、昔何があったの？」

「……その子とはね、ここで出会ったんだよ」

　狼くんがそう言って立ち止まる。

　私たちの目の前には、広い池が陽の光を反射してきらめ
いていた。

　ここは私が落ちた池で、それってつまり——。

「覚えてるかな？　パーティーがあった夜、君はこの池に
落ちたんだよ」

　思わず私は手で口を覆った。

　嘘……狼くん、覚えてたの？

　私が池に落ちた子どもだって、知ってたの？

　やっぱりあのときの王子様は狼くんだったんだ。

「俺はたまたま、君が落ちるところを見てたんだ」

「そうだったの……」

「急いで助けようと池に飛びこんだけど、俺も子どもだったからすぐには水から引き揚げられなくて。大人が気づいて駆け付けてくれなかったら、大変なことになってたかもしれない」

「覚えてる……覚えてるよ。私もずっと忘れられなかった。あのとき助けてくれた、金髪で青い瞳の王子様のこと」

狼くんは驚いた顔をしたあと、軽く首を横に振った。

「覚えてたんだね。でも、俺は王子様なんかじゃないよ」

「えっ。ど、どうして？」

「結局俺の力じゃ助けられなかったし。本当はすぐに大人を呼びに行かなくちゃいけなかった。そうしなかったせいで、仁葵ちゃんには苦しい思いをさせちゃって……。あのときはごめんね」

「謝らないで！」

私は思わず、狼くんが頭を下げようとするのを止めていた。

まさかあのときの王子様が、そんな風に罪悪感を抱えていたなんて思ってもみなかった。

私のことなんて忘れてるだろうなって、そんな風にしか考えていなかった自分が恥ずかしい。

狼くんは私のことを、長い間気にかけてくれていたのに。

「私はずっとお礼が言いたかったの。池に落ちてパニックだったけど、狼くんが助けに飛びこんでくれて、すごくほっとした。嬉しかったんだよ。遅くなっちゃったけど、あの時は本当にありがとう」

　ようやくあの時のお礼が言えた。

　私を助けてくれた、初恋の人に。

　狼くんは困ったように微笑みながら「いまならもっとかっこよく助けられるんだけどな」と言う。

「じゃあ、狼くんは私のことを知ってたんだね」

　あれ……？

　でもさっきの話では、私にはすでに特別な相手がいるようだったって言ってなかった？

　そんな相手はいたことがないし、だからこそお見合いを強要されて逃げたのに。

　けどそのお見合いは狼くんが望んだって……んん？

　なんだかわけがわからなくなってきた。

　それが顔に出ていたのか、狼くんは「三船のことだよ」ときまり悪そうに言った。

　聞けば剣馬のことを、私の彼氏だと勘ちがいしてたらしい。

「ええ……。どうしてそんな勘ちがいを？」

「いや、俺だけじゃなくて、わりとそう思ってる生徒はたくさんいるよ」

　そ、そうだったの？　知らなかった……。

　でも言われてみれば、四六時中一緒にいる。

　常に剣馬が私をエスコートしているし、剣馬が私に近づく男を牽制しているし、と狼くんにもいろいろ例を挙げられて、納得するしかなかった。

　確かにボディーガードだと言われなかったら、恋人か婚

約者だと思うのも仕方ないかもしれない。

「でも花岡の会長が孫娘の見合い相手を探しているって話を聞いて、勘ちがいだとわかったんだ。そしたら居ても立ってもいられなくてね。気づいたらじいちゃんに頼みこんで、仁葵ちゃんの見合い相手に立候補してた」

「どうして……最初に言ってくれなかったの？　あのとき助けてくれた男の子だってわかってたら私……」

「ごめん。俺はずるいやつだから、君を助けられなかった過去をなかったことにしたかったんだ。それで最初から、出逢いのところからやり直したいと思ったんだよ」

「じゃあ、家出した夜、助けてくれたのは……」

「会長から君が家出したって連絡が来てね。俺に行かせてほしいってお願いしたんだ。一緒に住むことも頼みこんだ。かなり渋られたけどね」

「おじいちゃんが？」

「お見合いを申しこんでから了承をもらうまでも、すごく時間がかかった。仁葵ちゃんのことには相当慎重になるんだね。それと、きっと三船に――……いや、なんでもない。これが俺の話したかったことだよ」

　隠してて、本当にごめん。

　狼くんは深く頭を下げて言った。

　謝られたら、怒れない。

　正直に話してくれていたら、こんな風にこじれたりしなかったのに。

　でも狼くんが叱られた犬みたいな顔をするから、これ以

上責めることなんてできなかった。

　だって、垂れた耳と尻尾が見えるんだもん。

「知らなかったから私、二回も同じ人に失恋したと思って……って、じゃああの人は？　狼くんの婚約者の──」

　きれいな黒髪の美少女が頭に浮かんだとき、どこからか「狼！」と彼を呼ぶ声が響いた。

　ふたり同時に振り返ると、そこには頭に浮かべていた彼女が立っていて、こちらを強く睨みつけていた。

　藤島美鳥さん。

　腰から切り返しでふんわりと広がる、ネイビーのワンピースを着た美少女。

　彼女はツカツカと歩み寄り、私を押しのけようとした。

　でもその手が届く前に、狼くんが私を守るように間に入ってくれた。

「何するんだ美鳥」

「それはこっちのセリフよ！　どういうこと!?　なんで狼がお見合いなんて！」

「見合いだと知っててここまで来たのか？　非常識だろ」

「だって！　私がいるのにお見合いなんて、許せないじゃない！　しかもこの女となんて！」

　美鳥さんのあまりの剣幕に、私は狼くんから離れようとした。

　彼女の目が私を『人の男を取る女』だと言っているみたいで怖くて。

　でも狼くんの手は、私の手をしっかりと握って離そうと

しなかった。

「そうやって周りが誤解するようなことを言うなって、何度も言ってるだろ」

「誤解って何？　私と狼は婚約者でしょ！」

「それは子どもの頃に美鳥が勝手に言い出したことだろ」

　まるで聞き分けのない子どもを前にした親のように、狼くんは静かに応じている。

「子どもの言うことだからって放っておいたけど、もう俺たちは子どもじゃない。ごっこ遊びはやめるんだ」

「ひどい……どうして急にそんなこと言うの？　子どもとか子どもじゃないとか関係ないわ！　私の狼を好きっていう気持ちはずっと変わらないもの！」

　癇癪を起したように叫ぶ美鳥さんに、狼くんは深くため息をついた。

　彼の心に美鳥さんの声は届いていないんだ。

　でも、私の心には深く刺さった。

　狼くんを好きっていう気持ちは変わらない。

　時間がたっても、成長しても。

　そういう想いは、私にもよくわかってしまうから。

「そうだろうな。お前はいつだって自分の気持ち優先だから」

「狼……？　何？　怒ってるの？」

「いいや。あきれてるだけだよ。俺は美鳥を婚約者だと言ったことはないし、美鳥にも吹聴するなって言い続けた。でもお前は聞く耳を持たなかっただろ？」

「そ、それは……だって」

　美鳥さんは反論しようとして、でもすぐに口を閉じる。

　うまく言葉にできないんだろう。

「俺を好きだって言いながら、俺の気持ちなんてこれっぽっちも考えなかったんだろうな」

「どうしてそんな言い方するの？　狼はいつだって私に優しかったじゃない」

「優しくはするよ、普通にね。幼なじみだし、両親の親友の子なんだから。でも俺にとって美鳥は、いままでもこれからも妹みたいな存在だよ。それ以上にも以下にもならない」

　もちろん、婚約者にはならない。

　はっきりとそう告げた狼くんは、同時に私の手を強く握りしめた。

　美鳥さんは信じられないというように、顔を真っ赤にして震え出す。

「私より、その女が大事だっていうの……？」

「そうだよ。仁葵ちゃんは僕にとってたったひとりの特別な子なんだ。だからいくら美鳥でも、彼女を傷つけることは許さない」

　たったひとりの。

　特別な子。

　さっきまで美鳥さんの気持ちにシンクロしてしまって苦しかったのに。

　狼くんが口にしたひとことに、心が歓喜する。

　つぼみが一斉に花開くような喜びで、胸がいっぱいになった。

「それからマンションのキーは替えたから。イギリスからこっち来るとき、俺の親から合鍵を勝手に受け取ったみたいだけど、二度とそういうことはしないでほしい」

「そんな……」

「そんな、じゃない。本当にもうやめてくれ。親たちがまんざらでもない態度だったから、お前も変な勘ちがいをしたみたいだけど、この先俺が美鳥を特別扱いすることはないから」

　狼くんにそう言われた彼女は、まるで刃物で切りつけられたような顔をした。

　深く深く傷がついたのが、見ていた私にもわかってしまう。

　目に涙をいっぱい溜める美鳥さんに、少し前の自分が重なって胸が痛くなった。

　同情なんて彼女は絶対にされたくないだろう。

　でも、どうしても失恋したと思ったときのつらさがよみがえってしまう。

「こんな……こんなひどいこと言うの、狼じゃないわ！私は認めないんだから！」

　涙をこぼし、美鳥さんは踵を返すと庭園を走り去って行った。

　ひとりでどこに向かうんだろう。

　彼女にいろいろ言われて私も傷ついたけど、恨む気持ち

にはどうしてもなれない。

　失恋の痛みを、私ももう知っているから。

「……ごめんね。また仁葵ちゃんに嫌な思いさせた」

「ううん。私は全然。美鳥さん、大丈夫かな……」

「そこであいつの心配をしちゃうところが、仁葵ちゃんだよね」

「だって、やっぱり気になるよ。狼くんもじゃないの？」

「あーもう。ほんと、心配でほっとけない」

　苦笑すると、狼くんはなぜかおもむろに私の前で膝をついた。

　スーツが汚れちゃう、と心配する私の左手を取り、成長して青から茶色へと色味の落ち着いた瞳を細める。

「ちょっと気が早すぎて、引かれるかなとも思ったんだけど……」

　そう言って狼くんが取り出したのは、赤く艶めく小さな箱だった。

　これってまさか、と驚く私の目の前で、狼くんが蓋を開く。

　そこには、白い台座の上で静かに、けれど強く輝く大粒の宝石があった。

　アンティークカットのダイヤをのせた、プラチナの輪。

　それは紛れもなく――。

「花岡仁葵さん」

「は、はい」

　まさか。

でも、この状況って……。

「何よりも大切にし、守り抜くと誓います。俺と……結婚
してください」

　真っすぐな、嘘偽りなど欠片も含まない視線に囚_{とら}われて、
言葉が出ない。

　嘘でしょ……本当に？

　まさかこの場所で、あのときの初恋の彼に告白されるな
んて。

　プロポーズされるなんて、想像もしてなかった。

「狼くん……本物の王子様みたい」

「じゃあ、仁葵ちゃんはやっぱりお姫様だね」

「お姫様に、なってもいいの？」

「仁葵ちゃん以外にお姫様なんていないよ」

　嬉しそうに笑って言った彼が指輪をとり、私の左手薬指
に、ゆっくりとはめてくれた。

　驚くくらい、そのプラチナは私の指にぴったりだった。

「どうして……」

「仁葵ちゃんが寝てるとき、測ったんだ」

「えっ」

「お見合いがイヤで仁葵ちゃんが家出したって連絡を会長
さんにもらったときは、どうしようかと思ったけど……。

　仁葵ちゃんの、自分の意思で自分の人生を歩みたいって
気持ちがわかったからね。同棲して、ちゃんと好きになっ
てもらって、そしたらプロポーズしようって決めたんだ」

　重くてごめんね？　嫌になった？

　不安気にそう聞かれて、私は左手に収まった永遠の輝き
を見つめながら、ふるふると首を振った。
「嫌になんて、なるわけない……」
　だって、こんなにも好きで。
　好きで好きで、たまらないんだから。
「仁葵ちゃん。……好きだよ。君のこと、世界でいちばん
愛してる」
　私も、と続けたかった言葉は、重なった狼くんの唇に吸
いこまれていった。
　初恋も、二度目の恋も、あなただった。
　私のこれからも全部、狼くんに捧げよう。

【同居の心得その8】

ふたりの意思を貫くべし

　——1年後。

　私は自分の部屋で、もう長い時間腕を組んで悩んでいた。

「服は結構減らしたけど、バッグと靴はどうしよう。勉強道具と机はもちろん先に運ぶでしょ。このソファーも座り心地が気に入ってるから持っていきたいんだよね。でも部屋が狭くなるかなあ」

　高校卒業と同時に婚約者の家へと引っ越すことが決まっている私は、その準備で頭がいっぱいだった。

　おかげで受験勉強にも身が入らなくて困ってる。

　私の希望している大学の看護学部はそんなに倍率が高いわけじゃない。

　でも模試判定は毎回ギリギリだし、気合を入れなきゃいけないのに。

「仁葵ちゃん。とりあえず必要なものだけ運んで、迷っているものはあとからにしてもいいんじゃありません？」

　引っ越しの相談に乗ってくれている寧々子ちゃんが、見かねてそう言ってくれてハッとした。

　そっか！

　一度に全部運ばなくても、追々揃える形にすればいいのか。

　そうだよね。

　部屋は決まっていて逃げるわけじゃないんだし、焦ることないんだ。

　どうして思いつかなかったんだろう。

「やっぱり私って世間知らずだなあ……」

「そこはほら。俺がフォローするから大丈夫だよ。これから一緒に住むんだし。ね？」

　様子を見に来てくれた狼くんが優しくそんなことを言ってくれるから、私もほっとして頷いた。

　うん、そうだよね。

　ひとり暮らしをするんじゃないんだもん。

　しっかりしてる狼くんが一緒なんだから、心配なんてないよね。

「じゃあ、まずは最低限必要なものだけね！　服と靴とバッグも気に入ってるものを厳選して。あとは……ベッドかなあ」

　天蓋付きのお気に入りのベッドだけど、かなり大きい。

　狼くんのマンションだって狭くはないけど……。

　この大きさのベッドを入れるとさすがに手狭になっちゃう気がする。

　そもそもこれ、運びこめるのかな？

　その辺、業者と打ち合わせしないといけないかも。

　そんなことを考えていると、狼くんがなぜか「ベッド？」と不満そうな声をあげた。

「ベッドはいらないでしょ」

「え？　どうして？　必要なものじゃない？」

　食べることと同じくらい睡眠って大事なものだ。

　寝てないと頭が回らなくなるし、肌も荒れる。

　とにかくコンディションが最悪になってしまうのは、ここ最近の受験勉強で身に染みている。

「だって……俺のベッドがあるよね？」

　色っぽい声で囁かれ、顔が沸騰しそうなくらい熱くなった。

　横で聞いていた寧々子ちゃんの顔も真っ赤だ。

　狼くんてば、何も寧々子ちゃんの前でそんなこと言わなくても——。

「却下だ。ベッドは必ず運び入れるように」

　突然、闖入者の声がしたと思ったら、部屋におじいちゃんが現れた。

　後ろに剣馬も従えている。

　今日は仕事で1日いないって言っていたのに、どうして？

　ふたりがいないときを見計らって、狼くんのことを家に呼んだのに。

「ちょっとおじいちゃん。いきなり現れて何なの？」

「ベッドは必要なものだろう。良いな、剣馬。必ずそう手配しておくように」

　不機嫌そうなおじいちゃんの命令に、同じく不機嫌そうな顔をした剣馬が深くうなずく。

「ええ。ベッドは絶対に必要なものです。必ず運ぶよう手配します」

「うむ」

「うむ、じゃないよ！　もう！　ふたりして急に入ってこないでよ！」

　私にあんな風にお見合いを強要したくせに、いざ狼くん

との婚約が決まると、おじいちゃんは手のひらを返したかのように狼くんに冷たく接しだした。

　まるで舅のようにチクチク言ったり、私とのデートを邪魔しようとしてきたり。

　剣馬も一緒になってやるから、もう手に負えない。

　狼くんは苦笑いするだけで文句は言わないけど、さすがにこのふたりの態度にはあきれていると思う。

　身内として恥ずかしい……。

「いいか、仁葵。いくら婚約しているとは言っても、まだ結婚したわけではない」

「はいはい。そうですね」

「ちゃんと聞かんか。つまりだな、嫁入り前なのだから、節度ある生活をだな──」

「もう、耳にタコができるくらい聞きました！　婚約者の前に恋人だし、同棲くらい普通でしょ。結婚前に一緒に生活してる人なんていっぱいいるよ」

　むしろそうやって結婚前に、お互いの生活のリズムを知るのが大事なんじゃないの？

　そうじゃないと、結婚してからすれ違って、何かちがうって上手くいかなくなったりするかもしれない。

　そういう話はよく聞くし。

　お互いのこだわりとかルールも、同棲することであらかじめ知っておくのはいいことだと思う。

　でも剣馬はバカにしたようにため息をついた。

「わかってないな、仁葵。婚前ってことはだな、結婚する

前に関係がだめになることだってありえるんだぞ。そうなったときに困らないよう、妄りに体を──」

「あー、もう！　おじいちゃんも剣馬もうるさい！　出てってー！」

　まだあれこれ言ってくる口うるさいふたり。

　止まりそうにない小言に我慢できなくなって、無理やり部屋の外に追い出した。

　まったく、毎日こんな調子なんだから。

　もう全部聞き飽きちゃったよ。

「縁起でもないこと言わないでほしいよね」

「そうですとも！　仁葵ちゃんと飛鳥井くんは、いまや学園でも理想のカップルとして有名ですのにね」

　寧々子ちゃんに言われて、私と狼くんは顔を見合わせ照れ笑いした。

　理想のカップルかあ。

　嬉しいような、恥ずかしいような。

　去年は狼くんと私の関係に全女子がなげいていたけど、いまはわりと祝福されているのを私自身感じている。

　周りに祝ってもらえるって、幸せなことだなとしみじみ思う今日この頃だ。

　だからこそ、狼くんの幼なじみ、美鳥さんのことが気がかりでもあった。

　あのお見合いの日から、美鳥さんとは連絡が取れないらしい。

　彼女の両親に聞いても、いまはそっとしておいてやって

くれと言われたそうだ。

　きっとまだ、美鳥さんは狼くんへの恋を終わらせられないでいるんだろう。

　それも仕方ないことだと思う。

　私だって、狼くんのことをあきらめようとしたときは、胸が切り裂かれたように痛かった。

　それくらい狼くんは魅力的な人だと知っているから。

　でもいつか、私たちが結婚するときには、彼女にも祝福してもらえるといいなと思ってる。

　だって彼女は狼くんの幼なじみだから。

　幼なじみが大切な存在だということは、私にも剣馬がいるからよくわかる。

　難しいことかもしれないけど、叶うといいなとこっそり願っていた。

「もしかしたら、仁葵ちゃんたちのほうが先に結婚されるかもしれませんね」

「ええ？　寧々子ちゃんたちのほうが先でしょ？　寧々子ちゃんの婚約者さん、ひとつ年上なんだから」

「わかりませんよ。ねぇ、飛鳥井くん？」

　寧々子ちゃんに話をふられ、狼くんは「かもね」と苦笑する。

「結婚もいいけど、とりあえず仁葵ちゃんにうちに来てほしいな。ルポも待ってるよ」

「私も早く行きたいよ。ルポをギュッてして寝たい」

「そこ、ギュッてするのは俺じゃないの？」

「もう！　狼くんてばそんなことばっかり言って！」

　聞いていた寧々子ちゃんがまた顔を赤くして「私、お邪魔みたいなので先においとましますね」と言いだした。

「えっ？　そんな。気にしないでよ寧々子ちゃん」

「うふふ。ふたりを見ていると、なんだか私も婚約者に会いたくなってきてしまいましたから」

「ええ……」

「本間さん。気をつけて」

　ご機嫌な様子で手を振る狼くんに、寧々子ちゃんは笑ってそそくさと帰っていった。

　本当にこれから、婚約者さんに会いに行くのかな？

　でも、もうちょっと話したかったなあ。

　狼くんが恥ずかしいことばっかり堂々と言うから……もう。

　じとりと狼くんを睨んでしまう。

　でも狼くんは嬉しそうに私の頭にキスをした。

　ぶんぶんと振られる尻尾が見えるよう。

「やっとふたりきりになれたね」

「……って言っても、たぶん廊下に剣馬たちがいると思うよ？」

「じゃあ、仁葵ちゃんの可愛い声は聞かせないようにしないとね」

「え……んっ」

　悪戯っぽく笑った狼くんが、私を抱きしめ、唇を重ねてきた。

　もうすぐ卒業、そしてまた同棲生活が始まる。
　きっとあの部屋で、こんな風に彼の腕の中でたっぷり甘やかされるんだ。
　ルポみたいに可愛がられ、とろとろに湯かされるにちがいない。
　甘い生活を想像しながら、私も自分から深く唇を合わせ、幸せを噛みしめた。

　　　　　　　　　　　　　　　　　　　END

同居したけど
すれ違いが原因で
また家出した話

　もぞもぞと、体の近くで何か動いていることに気付いて目が覚めた。

　ルポがまたベッドにもぐりこんできたのかな。

　お腹空いたよ～って起こしにきたのかな。

　可愛いなあ。

　あんまり幸せな目覚めだから、このまま起きるのはもったいない気がしてくる。

　もうちょっと寝たいかも。

　ルポを抱きしめて二度寝とか、さらに幸せ……ん？

　まぶたも開かないまま、もう一度眠りにつこうと思っていると、なんだか胸元で動くものに違和感。

　あれ、これルポじゃない？

　ふんわりと胸を包むように軽くもんだり、優しく撫でたり。

　まるで私の反応を確認しているかのような動き。

　もう……朝から何してるの。

　この不埒な犯人は、もちろんルポじゃない。

　猫じゃなく、もっと犬っぽい、さらにはもっと肉食な狼だ。

　うーん、どうしよう。

　寝たフリをしてたら止まるかな？

　怪しい動きをしていた手は、とうとうパジャマの裾から中に入ってきた。

「ん……っ」

　直接肌を撫でられて、思わず声が漏れる。

　私の声に手は一度ピタリと止まったけど、すぐに動きが再開された。

　無防備な胸の形をなぞるように移動する。

　ぞくぞくと背中が震えて、息が乱れるのを抑えられない。

　これ、起きてるのバレてるよね？

　私が起きてるって、わかってて続けてるよね？

　悪戯な手に翻弄されながら後悔する。

　寝たフリなんてしないで、気づいたときに「もう、やめてよ」って止めれば良かった。

　だって、いまさら起きてるって言いにくい。

　まるで寝たフリをしていたのは、続きを望んでいたからみたいに思われそうで。

　でも私が起きなきゃどこまでもいっちゃいそうだし。

　気持ちいいけど、朝からこんな……。

　迷っていると、とうとう指が私の胸の先を弾いた。

「あっ」

　今度こそ大きな声が出てしまった。

　恥ずかしくて、ぱっちり目を見開き震える。

　背中でくすりと笑った唇が、私のうなじにキスを落としてきた。

「おはよう、眠り姫」

「もう！　狼くん！」

「ふふ。仁葵ちゃんは朝から可愛いね」

「狼くんは朝からえっちすぎ……って、ちょっと！　なんで続けるの！」

　私の肩にちゅっちゅと口づけながら、狼くんの両手が胸の感触を楽しむかのように動きだした。

「仁葵ちゃん……しよ？」

「で、でも。昨日もいっぱいしたよね？」

　そう。そうだよ。

　昨日も寝る前にして、もうムリって言っても狼くんは止まってくれなくて。

　強すぎる快感と疲れに朦朧（もうろう）となって、気を失うように寝たんじゃなかった？

　まだ昨日の情事のけだるさが体に残ってる。

　そのうえ朝からまた、となると今日一日動けなくなっちゃいそう。

　私は絶対ムリ、と思ったのに、狼くんは甘えた声で「全然足りないよ」と言った。

　いまなんか、幻聴（げんちょう）が……。

「え。待って。私の聞きまちがい？　いま足りないって聞こえたような」

「言った。全然足りない。もっとしたい」

「嘘だよね!?　昨日あんなにしたのに！」

「だって仁葵ちゃんが可愛すぎるから。何回しても足りないんだよ」

　可愛いって罪だよね。

　なぜか嬉しそうに言いながら、狼くんは私の耳をハムッと噛んだ。

　噛むだけじゃなく、舐めてもくる。

「ひゃっ。や、やめて。私の耳はキャンディーじゃないよ」

「でもキャンディーみたいに美味しそうなんだよね。仁葵ちゃんは、全身甘いお菓子みたい」

「そんなわけ……」

「どこもかしこも美味しそうで、舐めて、噛んで……食べ尽くしたくなる」

　今度は低く掠れた声を耳に流しこまれた。

　そのあまりの色気に、全身ゾクゾクして甘い息が漏れる。

「ね？　いいでしょ、仁葵ちゃん……」

「だ、だめだよ狼くん。朝からこんな」

「朝でも夜でも、したいときにしていいんだよ。だって俺たちは恋人で、婚約者で、一緒に住んでるんだから」

　胸を弄んでいた手がゆっくりと下りていく。

　今度はおへその辺りをくすぐられ、腰が跳ねた。

「や……っ」

「ここには俺たちだけだよ。誰も見てない」

「誰も見て、ない？」

「そう。邪魔するやつは、誰もいないよ」

　だからたっぷり、好きなだけ愛し合おうね。

　そう言われて、私は肩から力を抜いて狼くんに背中をあずけた。

　そうだ、ここは私と狼くんだけが住む部屋だ。

　他には家族もいない。

　起こしにくる使用人もいない。

　もちろん私たちの仲を邪魔してくる、おじいちゃんや剣

馬も。

　だから好きなだけ……。

「どうせなら、今日は休んじゃおうか。そしたらゆっくりいろいろできるよね」

　私の首筋を軽く噛みながら、狼くんが私の下着に手をかける。

　するりとそれを下げられたとき、ハッとした。

　今日は休む？

　待って、今日は1限からある！

　しかも実習！

「いけない！　いま何時!?」

「えっ」

　狼くんの手を払いのけ、ベッドから飛び出した。

　ずり落ちた下着を直しながら振り返る。

　上半身裸の（狼くんはだいたい上を着ないで寝る）彼は、ベッドの上でぽかんとしていた。

「狼くんも今日、一限からじゃなかった!?」

「ええと……そう、かな？　でも別に休んでも、」

「だよね!?　急がなきゃ！　狼くんも早く起きて！」

「仁葵ちゃん、続きは……」

「私、食事の準備するから、狼くんはルポに朝ごはんをお願い！」

「……はい。わかりました」

　がくりとうなだれる狼くんを置いて、超特急で準備する。

　コーヒーメーカーにトースター、電気ポットもセット。

　その間に顔を洗って髪を整えて、簡単なメイクも終わらせる。

　実習がある日はメイクは最小限じゃなくちゃいけないから、ちょうど良かった。

　トマトと卵のスープに厚切りベーコンとアスパラのソテー、それからヨーグルトのフルーツ添えと、簡単な朝食を並べていく。

　同時に狼くんがコーヒーとカフェオレを淹れてくれて、そろって席についた。

「いただきます」

　手を合わせた狼くんは、もう寝ぼけてはいないみたい。

　窓から差しこむ朝陽を浴びる彼は、今日も完璧王子らしく輝いている。

「狼くんごめんね。最近ずっとバタバタしてて」

「いや、さっきのは俺が悪いし」

　意味ありげな微笑みを向けられ、顔が熱くなる。

　狼くんの手の感触を思い出しそうになってしまった。

「やっぱり看護学部って忙しそうだね」

「そうだね。思ってた以上に忙しくてびっくりしてるよ」

「ムリしないでね。仁葵ちゃんが倒れるんじゃないかって、俺は気が気じゃないよ」

　そうやって狼くんは心配してくれるけど、私は毎日楽しんでいる。

　確かに忙しくて、倒れそうなくらい疲れ切って帰る日もあるけど、つらいと思ったことはない。

　夢に一歩一歩近づいているのがわかるから。

　忙しくても充実した、幸せな日々だ。

「狼くんだって忙しいでしょ？　大学で勉強する以外にも、辰男さんのお仕事を手伝ってるんだから」

「まあね。でも俺の場合は融通が利くから」

　狼くんのおじいさんの辰男さんは外務省の官僚を定年まで勤め上げたあと、国際的流通企業を立ち上げ経営している。

　狼くんはいま、直接辰男さんからその経営ノウハウを学んでいるのだ。

「私も全然大丈夫だよ。今日はみんなに会って息抜きできるしね！」

「あ、そうか。約束してたの今日だったね」

「狼くんは行けなくなっちゃったんだもんね。きっとみんな残念がるよ」

「ごめん。どうしても入りたいゼミの教授が飲み会に来るって、先輩から聞いちゃったから。忙しい人でゆっくり話す時間もとれないし。この機会に顔を売っておきたいんだ」

　申し訳なさそうに言う狼くんに、気にしてないよと笑ってみせる。

　理由があるんだし、みんなにはまたいつでも会える。

　ほんとは久しぶりに狼くんと外に出かけられるって楽しみにしてたけど。

　でも私たちは一緒に住んでるんだし、デートはこの先何度だってできるんだから。

「その教授としっかり話せるといいね」

「ありがとう。仁葵ちゃんも楽しんできて。みんなによろしく」

「伝えるよ。……って、もうこんな時間！」

　時計を見ると、あと10分で家を出ないと間に合わない時間になっていた。

　朝食はまだ途中だけど、仕方なく箸を置く。

「あ。片付けは俺がしておくからいいよ」

「ありがと！　狼くんも遅刻しないでね！」

　急いで着替えて、ご飯を食べ終えたルポをひと撫でして玄関に立つ。

　見送りに来てくれた狼くんと、自然とキスを交わした。

　出かけるときはキスをする。

　いつの間にかそれがお決まりの流れになっていた。

「じゃあ、行ってきます！」

「行ってらっしゃい。気を付けて」

　大好きな人と大好きな猫に見送られ、私たちの住む部屋を出る。

　前はよく朝も一緒に出かけてたけど、最近は別々だな。

　静かすぎるエレベーターで、こっそり抱き合ったりキスをしたりしていたのが、なんだかずいぶん昔のことのように感じる。

　ちょっぴり寂しいけど仕方ない。

　新生活ってそういうものだろうから。

　慣れるまではがまんしなくちゃ。

　マンションを出たとたん、強い日差しと熱気にさらされる。

　今日も暑くなりそうだ。

　慣れるまであと少し。

　そう言いながら、もう季節は夏になっていた。

「仁葵ちゃん、少しお痩せになりました？」

　イタリアンの個室に入り、冷えた空気にほっと一息。

　でも席につくなり隣りに座った寧々子ちゃんにそう言われ、ぎくりとした。

「えっ。そ、そうかな？　そんなことないと思うけど……」

「ちゃんとご飯食べてます？　忙しいからって食事を抜いたりしちゃいけませんよ？」

　さらにぎくり。

　ここのところ朝や昼を抜くことがたまに……いや、けっこうある。

　１日１食なんてことも実は珍しくない。

　いけないとは思いつつも、つい食事を後回しにしてしまっていた。

　狼くんにも心配されてるんだよね。

「あなたはいいけど、まさか狼の食事もおろそかにしてるんじゃないでしょうね？」

　向かいの席からそう非難するように言ったのは、現在受験生の美鳥さんだ。

　美鳥さんとは、高校卒業前に辰男さんの仲介で再会できた。

　狼くんと私に「私が子どもだった。ごめんなさい」と謝ってくれて、あまりにも素直な様子に驚いたっけ。

　でも狼くんは幼なじみと和解できて、嬉しそうだった。

　結婚式にも来てくれないかもなって、ずっと心配していたから。

　もうお互いわだかまりもなく、彼女とは良い関係を築けている。

　友だちと言ってもいいと思うんだけど、美鳥さんはどう思っているかな。

「狼くんはちゃんと食べてるよ。……たぶん」

「たぶん〜？　ちょっと、それでも婚約者？　狼の健康管理くらいちゃんとしなさいよ」

「まあまあ、美鳥。狼くんも子どもじゃないんですカラ、そう心配しなくても」

　柔らかい声で美鳥さんを諭したのは、この部屋で唯一の男性。

　オスカー・玲依(れい)・クロムウェル。

　クセのあるブラウンの髪に、彫りの深い顔立ち。

　20歳の日系イギリス人で、なんと美鳥さんの恋人だ。

　狼くんに失恋してふさいでいた美鳥ちゃんをなぐさめ、口説き落としたらしい。

　とても落ち着いていて、年齢よりもずっと大人っぽく見える人だ。

　まだまだ子どもっぽい美鳥にはお似合いだ、と狼くんが安心したように言っていた。

「私は心配してるんじゃなくて、怒ってるの！」

「心配だから怒りたくなるんですヨネ。わかります。でも怒るとその心配が伝わりにくくなりますカラ。なるべく心に相応しい言葉を使うべきですネ」

　独特なイントネーションがまた、彼の口調を柔らかく聞かせている。

　美鳥さんは唇を尖らせながらも「まあ、そうね」と素直に認めた。

　本当に相性がいいみたい。

「飛鳥井くんはひとり暮らしが長かったようですから、大丈夫だとは思いますが……。仁葵ちゃんはずっとご実家でしたでしょう？」

「そうだけど……」

「いまは仁葵ちゃんの生活を管理していた三船くんも、つきっきりじゃありませんしね。誰も見ていないとムリしてしまいそうで、心配です」

　寧々子ちゃんに言われて、やっぱりそういう風に見えてたんだなあと改めて実感する。

　私の幼なじみ兼ボディーガードだった剣馬は、現在勉学のためにボディーガードの仕事から外れている。

　ゆくゆくは私のお父さんの秘書をすることになる予定だから、勉強も必要なのだ。

　剣馬がいなくても他の護衛はついているけど、なんとな

く監視の目がなくなったようでちょっとすっきりしていた。

　私は自由だー！って。

　でもスケジュールの管理もしてくれていた剣馬がそばにつかなくなってから、うっかりミスが増えたのも事実。

　忙しくておじいちゃんとの食事の約束を忘れて怒られたのは、つい先週のことだ。

「ムリはしてないけど……もっとしっかりしなくちゃね。幼なじみ離れしないとねって、狼くんにも言われてるし」

「それは別の意味で言われているのではないかと……」

「え？　別の意味？」

「幼なじみって、あの顔の怖いボディーガードでしょう？まだ一緒にいるの？」

　美鳥さんも、再会したときに少しだけ剣馬と顔を合わせていたのを覚えていたらしい。

　顔の怖いボディーガード。

　その通りなんだけど、笑ってしまった。

「ううん。いまは剣馬も勉強するのに離れてるよ。それでもしょっちゅう送り迎えには来てるけど」

「それじゃあ狼にそう言われるのも仕方ないわよ。あの人、あなたのこと特別に想ってるんでしょ？」

「えっ。な、なんでそんなことわかるの……？」

「わからないほうがおかしいわ。態度があからさまだったもの。離れているなら、いまのうちにボディーガードを替えたら？」

　思ってもなかったことを言われ、言葉に詰まる。

　剣馬をボディーガードから外す？

　いずれはそうなるだろうと漠然と思ってはいた。

　剣馬のお父さんのように、秘書など花岡の経営を直接サポートする仕事に就くようになるんだろうなって。

　でもそれは、私たちが成人してからのことで。

　もっとずっと先のことだと思っていた。

「何？　替える気ないの？」

「だって……そんな急に」

「全然急じゃないでしょ。狼と婚約して、同棲してるのよ？　それなのに、自分のことを想ってる男をそばに置くほうがどうかしてるわ」

「美鳥。言葉がすぎますヨ」

「オスカー。この人にはこれくらい言わないとわからないのよ」

　オスカーは苦笑して、美鳥さんの代わりとばかりに「スミマセン」と謝ってくれた。

「いいの。……剣馬は私が雇ってるんじゃなくて、おじいちゃんの命令で私の護衛についてるから」

　言い訳じみたことを言って、笑って誤魔化す。

　狼くんと婚約したから剣馬を遠ざける？

　そんなこと、一度だって考えたことはなかった。

　剣馬はずっと、誰より私のそばにいてくれて。

　これからもそうだと思ってたから。

　それが当たり前だって、思ってたから。

「たとえ仁葵ちゃんが三船くんを護衛から外そうとしても、三船くんは離れない気がしますけど……」

寧々子ちゃんの言葉に、ほっとしてうなずく。

「そうだよね。私もそう思う」

「彼は自分のことより、仁葵ちゃん優先ですからね。献身ってこういうことを言うのかと、彼を見ていると思います。愛ですよねぇ」

「愛?」

「はい。無償の愛です」

にっこりと寧々子ちゃんが断言する。

無償の愛……?

確かに剣馬は花岡家に絶対の忠誠を誓ってる。

それが愛になるのかな?

「まあ、その愛はいまいち本人には伝わっていないのですが……」

どこか残念そうに続いた寧々子ちゃんの言葉。

私は首をかしげたけど、美鳥さんは「ばかばかしい」とため息をついた。

「つまり仁葵さんは、ふたりの男の愛の上にあぐらをかいてるんでしょ？ 傲慢ね」

「ご、傲慢……?」

「そのうちどっちにも愛想尽かされるわよ。私には関係のないことだけど」

「こらこら、美鳥。さっきから言いすぎデス」

「どこが？ これでも我慢してるのに」

　ぷんぷん怒る美鳥さんを見ながら、私はショックを受けていた。

　私って傲慢なの？

　ふたりに愛想尽かされてもおかしくないくらい？

　いや、剣馬はとっくに私に愛想を尽かして、いつもバカだマヌケだ単純だってあれこれ言ってるけど。

　狼くんに愛想尽かされたら……私のこと、嫌いになっちゃうかな？

「あのね、狼はモテるのよ」

「それは知ってるけど……」

「ただモテるんじゃないの。ものっすごく、苛立ちを通りこしてあきれるくらい、モッテモテなの！　私がいったい、どれだけ狼に群がる女を蹴散らしてきたと思う？」

「蹴散らして……ああ！」

　そうか、やっとわかった！

　狼くんが海外ではわりと平和に過ごせていて、日本に来たらモテすぎて日常生活に支障をきたすほどになり戸惑ったと話していた理由。

　海外で暮らしていたときは、美鳥さんがそばにいたからだ。

　美鳥さんが狼くん目当てで近寄ってくる女性を、ことごとく蹴散らしていたから狼くんは無事だったんだ。

　そのあと私が彼女役を担うことで、狼くんを守ってきた……って、あれ？

　ということは、いま狼くんはどうなってるんだろう。

　美鳥さんはいないし、私とは大学がちがうから普段は別行動。

　そうなると狼くんをガードする人が誰もいなくて、彼は無防備になるんじゃ？

「いい？　狼のモテ具合を舐めちゃだめ。油断してたら、あっという間に奪われるんだから」

　美鳥さんのストレートな物言いに、ガツンと頭を殴られたような気分になる。

　確かに、婚約して同棲するようにもなって、油断していたかもしれない。

　油断というより、安心だろうか。

　私たちの未来を遮るものは何もない。

　この先にあるのは幸せだけ。

　そんな風に思いながら、慌ただしく生活していた。

「仁葵ちゃん。大丈夫ですよ。飛鳥井くんは浮気をするような人ではないでしょう？」

「そ、そうだよね」

　寧々子ちゃんのフォローに笑ってみせたけど、一度芽生えた不安の種は消えてくれそうにない。

　私も狼くんが浮気なんてするはずないと思う。

　剣馬は狼くんをナンパ野郎だってよく言うけど、私には誠実で、とても一途な人だから。

「甘いわね。浮気を誘わなくても、男を手に入れる方法なんていろいろあるじゃない」

「いろいろって、たとえば？」

「たとえば……狼に薬を盛る、とか」

「く、薬!?」

「まあ！」

「あとは狼を縛（しば）って、強引にまたがるとか」

「またがる!?」

「破廉恥（はれんち）ですわ！」

「身体を使って落とすなんてよくあることよ。他にも同情を誘って泣き落としとか。周りの人間に協力してもらって徐々に逃げられない状況を作るとか」

　美鳥さん……すごい。

　いったいいままでどんな経験をしてきたんだろう。

　年下なのに、私たちよりもずっと大人に見えてきた。

「ニホンの女性は、そんなに過激なのですカ？」

「オスカー。女が男を落とす手段なんて、どの国でもそう変わらないわ」

「なるほど。ヤマトナデシコは幻想なのですネ」

　残念そうなオスカーの言葉に、美鳥さんは「男は女に夢を見すぎよ」と腹立たし気に言う。

　ふたりのやりとりをどこか遠くに聞きながら、私はどんどん不安になっていった。

　そうだよ。ちょっとひとりになっただけで、どこだろうと女の人に囲まれちゃうような狼くんだよ？

　大学で100人くらいの女性に囲まれていたって不思議じゃない。

　たくさんの女性にムリヤリものにされそうになったら？

　いくら塩対応の完璧王子でも、女性に手を上げるなんてことはできないと思う。

　いや、でも、狼くんなら上手く切り抜けられるよね？

　私とちがって視野が広いし。

　世間知らずじゃないし、騙されることもないだろうし。

　けど……今日、飲み会に出るって言ってたよね。

　大丈夫、だよね？

　心配いらないと自分に言い聞かせても、一度気になってしまうともうだめだった。

　とてもじゃないけど落ち着けそうにない。

　帰ろうかな。

　もしかしたら、狼くんも早めに帰ってくるかもしれないし。

　ひとりでソワソワしていると、向かいの美鳥さんが何かに気づいたようで、イヤそうに顔をしかめた。

「噂をすれば、ね」

「あら。本当ですね。仁葵ちゃん、お迎えが来ましたよ」

　寧々子ちゃんにも言われて振り返ると、そこには剣馬がいた。

　半袖のシャツに細身のチノパンという、護衛時よりラフな格好で入り口に立っている。

「あまり遅くまで出歩くなって言ってるだろう。帰るぞ、仁葵」

「遅いって、まだ8時を過ぎたところじゃない」

　そう文句を言ったのは美鳥さんだ。

　剣馬はじろりと彼女を睨み「仁葵にとっては充分遅い」
と低い声で言い返した。
「どれだけ過保護なのよ」
「ほら、仁葵。さっさと支度しろ」
「……うん。わかった」
　言われた通り立ち上がると、なぜか剣馬が変な顔をして
見てくる。
「何？」
「いや……。やけに素直だなと思って」
「べ、別に。私はいつでも素直だけど？」
　ちらりと周りを見ると、みんなどこか訳知り顔で笑って
いた。
　恥ずかしい。
　絶対、不安になって早く帰ろうとしてたのバレてるよね。
「ごめんねみんな。まだ途中だったのに」
「気にしないでくだサイ」
「また集まればいいですわ」
「私の話、忘れるんじゃないわよ」
　みんなに励まし（？）の言葉をもらって、私は剣馬と店
をあとにした。
　剣馬の用意した車に乗りこみ、ほっと息をつく。
「何の話をしてたんだ？」
「うーん……。ねぇ、剣馬。私って傲慢？」
「は？」
　何言ってんだこいつ、という顔の剣馬。

　長い付き合いの剣馬は、たぶん私よりも私のことをよく知っている。

　だから剣馬が傲慢って言うなら間違いなくそうなんだろう。

「どんな話題からそんな話になったんだ」

「いいから、どうなの？　正直に言って」

「傲慢ねぇ……」

　あごに手を当てて、剣馬はしばらく真剣に考えたあと、じっと私を見つめてきた。

「お前は傲慢っていうより……」

「言うより……？」

「鈍感」

「え？」

「いや、鈍感なアホだ」

　そう言い切った剣馬の腕を、力いっぱい叩く。

　でも筋肉が固すぎて、叩いたこっちの手のほうが痛かった。

「真剣に聞いたのに！　剣馬のバカ！」

「俺だって真剣に答えてやったぞ」

「もう、バカバカバカ！」

　そうやって怒りながらも、傲慢と言われなかったことにほっとした。

　剣馬が笑ってくれたから、大丈夫だと思えた。

　剣馬に送ってもらい、狼くんと住むマンションに戻った
けど、彼はまだ帰ってきていなかった。

　遅いな……何かあったのかな。

　いや、遅くはないか。

　まだ９時前だし。うん。

「ルポ、ただいま」

　とててと寄ってきたルポを抱き上げ、頬ずりする。

　アニマルセラピーってこういうことを言うのかな。

　ルポにくっついていると、段々心が落ち着いてきた。

「いい子にしてた？　一緒にご主人様を待とうね」

　何か軽く作っておいたほうがいいかな。

　狼くん、飲み会の席ではあんまりものを食べないって
言ってたし。

「おにぎり？　サンドイッチ？　さらっと食べられる麺も
いいかな……」

　ルポを抱きながら冷蔵庫の中を確認しようとしたとき、
電話が鳴った。

　スマホじゃなく固定電話で、相手はマンションのコン
シェルジュだった。

「はい」

『花岡さま。夜分に申し訳ありません』

「いいえ。何かありました？」

『それが、飛鳥井さまがご帰宅されたのですが……』

　狼くんが帰ってきた？

　それだけでコンシェルジュが連絡をしてくることなん

て、いままでなかった。

　何かあったのかな。

　狼くんの具合が悪いとか？

　それともケガをしているとか。

「彼に何か……」

『その、大変酔われているようで。ご友人の方が付き添われているのですが』

「えっ。そ、そうなんですか」

『私どものほうでお部屋までお連れすると申し出たのですが、ご友人が大丈夫だとおっしゃられていて』

「でも、何かあったら危ないですよね。すみませんがどなたかひとりでも手伝っていただけますか？　私も迎え入れる準備をしておきますから」

『かしこまりました』

　受話器を置いて、首をかしげる。

　狼くんがひとりで歩けなくなるくらい酔うなんて、おかしい。

　そもそも未成年だから、稀にお酒の席に参加することがあっても、狼くんも私も飲酒はしないようにしてるのに。

「とにかく、準備しなきゃ」

　ルポを下ろして、タオルに着替え、水を用意する。

　吐いてもいいように洗面器もスタンバイ。

　ベッドにすぐに横になれるよう整えたところで、インターフォンが鳴った。

　急いで玄関を開けると、そこにはぐったりした様子の狼

くんと、彼を支える黒いスーツのコンシェルジュの男性。

　それから反対側に、胸元のぱっくり開いた服を着た、派手な女性が立っていた。

　胸もお尻も大きく、でもしっかりくびれていて、唇はぽってり厚めの色っぽいその人は、私を見て目を見開いた。

　けれどすぐににっこりと、愛想良く笑顔を作った。

「もしかして、飛鳥井くんの妹さん？」

「はい!?」

　い、妹？　私が、狼くんの妹に見えるの？

　全然似てないじゃん！

　と叫びたいのをこらえて、私もにっこり笑顔を作る。

「狼くんの婚約者の、仁葵です。ここまでありが──」

「婚約者!?　ウソォ！」

　大げさに驚いてみせる彼女にムッとする。

　完全に私をバカにした言い方だった。

　敵意が丸出しだ。

「飛鳥井くん、婚約者なんていたの。へぇ……」

「……狼くんを送っていただきありがとうございます。ここからは私が運ぶので」

「花岡さま。お手伝いします」

　コンシェルジュの方の気遣いに感謝しながら、彼女から狼くんの体を取り戻す。

　狼くんはほとんど意識がないようで、重い。

　支えた体はひどく火照っていた。

「あの。お名前をうかがってもいいですか？　後日お礼を

させていただきたいので」

「横井よ。……それにしても、あなたみたいなのが婚約者」

　彼女は頬に手を当て、くすりと笑った。

「ずいぶんと不釣り合いねぇ」

「は……」

「あなたじゃ物足りなさそう。これなら私が入る余地もあるわね」

「何言って──」

「じゃ。彼が目を覚ましたらよろしく伝えてねん」

　一方的に好き勝手言うと、横井さんは手をひらひらさせ去って行った。

　左右に振られる大きなお尻で、大人の色気を見せつけるように。

　狼くんからするお酒の匂いより、彼女の残した香水のほうが強く感じた。

「花岡さま……」

「……大丈夫です。中までお願いできますか？」

「お任せください」

　狼くんをベッドに寝かせると、コンシェルジュはすぐに部屋を出て行った。

　申し訳なさそうにしてたけど、彼は何も悪くない。

　私がこんな気分になっているのは、あの横井さんのせいだ。

「……ううん、ちがうかも。彼女のせいじゃなくて」

　ベッドに沈む狼くんを静かに見つめる。

　こんな酔っ払った狼くん、はじめて見た。

　うっすら汗をかいて、胸元をはだけさせて、熱っぽい息を吐いて。

　私よりも先に、こんな姿を他の女性に見せたの？

「狼くん」

　赤い頬に手を当てて、名前を呼ぶ。

　でも狼くんには聞こえてないのか、反応しない。

　そのうち穏やかな寝息が聞こえ始め、ため息をついた。

　どうしてこんな風になっちゃったんだろう。

　まちがえてお酒を飲んだ？

　でもひとくち飲めばわかるよね。

　お目当ての教授と知り合えて、タガが外れた？

　それとも先輩たちに強引に飲まされた？

　何かやむにやまれぬ事情があったんだ。

　きっとそう。

　そうにちがいない。

　そう思いこもうとしていて、ふと狼くんのはだけた胸元に目がいった。

　形のきれいな鎖骨の下のほうに、赤いものが見える。

　そっとシャツを開くと、そこには──。

「……キスマーク？」

　狼くんの素肌に、口紅のあとがついていた。

　唇の形がよくわかるくらい、べったりと。

『ずいぶんと不釣り合いねぇ』

　そう言った彼女のぽってりとした唇を思い出し、頭が沸

騰した。

　信じられない！

　ただ運んでいて、こんな風に胸に口紅なんかつかないよ
ね？

　わざわざシャツを開いて押し付けないと、つかないよ
ね？

　ハッとして、狼のシャツのボタンを外していく。

　これひとつとは限らない。

　もっとつけられているかもしれない。

　焦って確認したけど、他の場所にキスマークは見つから
なかった。

　でもキスマークがないからって、他のことをされていな
いとは限らない。

　触られたりしていても、私にはわからない。

「触られるだけじゃなく、な、舐められたり……」

　見られるだけでも嫌なのに、そんなことをされてたら！

　想像するだけで頭がおかしくなりそうだ。

　美鳥さんの言葉を思い出す。

『男を手に入れる方法なんていろいろある』

　こんな状態の狼くんになら、力の弱い女の人でも何でも
できちゃう。

　私が一緒に住んでいなかったら、それが起きていたかも
しれない。

　私が帰ってきていなかったら、あの人は強引に狼くんと
この部屋に上がりこみ、意識のない狼くんを襲っていたか

も。

　っていうか、それを目的に狼くんを運んだにちがいない。

　横井さんにも腹が立ったけど、それだけじゃなくて。

　私は無防備に寝ている狼くんにもイライラしている。

　どうしてこんな隙を見せるのって。

　私がいるのに、何で女の人に連れ帰られるの。

　イヤだ。

　すごくすごく、イヤ。

　好きなのに、憎らしい。

　狼くんの寝顔を見ていると、どんどん胸が苦しくなっていく。

　耐えられなくなって寝室を出た。

　とてもじゃないけど、一緒に寝る気持ちにはなれそうにない。

　ナウンと寄ってきたルポを抱きしめ、しゃがみこむ。

「ルポぉ……泣いてもいい？」

　ルポのアニマルセラピーも、今度は効かなかった。

　ぎゅうぎゅう抱きしめても、優しいルポは逃げずに、私の腕の中にいてくれた。

　朝になり、泣き腫らした目を冷やしながら決めた。

　前にも使ったボストンバッグに、必要最低限のものを詰めこんでいく。

　なるべく音を立てないよう支度をして、最後に手紙を書いた。

『しばらく家出します。探さないでください』

　これでよし。

　まだ深く眠っている狼くんの寝顔と、狼くんの足元で丸くなるルポを目に焼き付け、マンションをあとにした。

　休日の朝に突然押しかけてきた私を、剣馬はこころよく迎え入れてくれた……わけがない。

　実家を出てひとり暮らしをしている剣馬のマンション。

　そのリビングで、私は正座をさせられていた。

「俺にはお前の神経が理解できない」

　Ｔシャツにスウェット、寝ぐせのついた髪。

　どう見ても寝起きの剣馬は、頭をがしがしかきながらため息をついた。

「同棲している婚約者とケンカして家出、まではわかる。それで俺の部屋に直行してくるってところが信じられない」

「えーと、ごめん。迷惑だった……？」

「迷惑じゃない。お前のボディーガードとしては、百点満点をつけてやりたい選択だ」

　理解できない、信じられないと言いながら、百点満点をくれる剣馬の心理こそ理解しにくいけど……。

　とりあえず、迷惑じゃなかったみたいでほっとした。

　家出して、真っすぐ向かったのがここだったから。

　自然と足が剣馬の家に向いていて、気付いたらインターフォンを押していた。

「じゃあ、ちょっとの間泊まってもいい？」

「好きにしろ」

　やれやれ、と言いたげに剣馬がキッチンに立つ。

　冷たいアイスティーを淹れてくれたので、遠慮なく飲んだ。

　外を歩いて火照った体から、熱がすっと引いていく。

「なんで実家に帰らなかった？」

「え？　うーん、なんでだろう？」

「いまの新造さまなら、喜んでお前を迎えただろ。何ならあのナンパ野郎のことも張り切って追い返すんじゃないか？」

「そうかもね。でもおじいちゃん、何だかんだ狼くんのこと認めてる気がするんだよね。信頼してるお友だちの孫だからかな？」

　辰男さんとは私も良い関係を築けている。

　たまに四人で食事することもあった。

　辰男さんの前では、おじいちゃんもあんまり狼くんに強く当たったりはしない。

　それくらい、辰男さんのことを友人として尊重してるんだろう。

「だから、おじいちゃんは完全には私の味方はしてくれないんじゃないかな」

「俺は完全にお前の味方だと？」

「ふふ。だって剣馬、狼くんのこと嫌いでしょ？」

「当然だろ」

　剣馬はそう言い切ったけど、本当はちがうって私は知っ

ている。

　嫌いというより、いけ好かないって感じなんだよね。

　私の婚約者としてはもう、認めてくれているのは私も狼くんもわかっていた。

　でも剣馬は私のボディーガードで、何より幼なじみだから。

　いざってときには、狼くんより私の味方をしてくれると信じてる。

「でもわかってるのか?」

「何を?」

　グラスを置いた次の瞬間、トンと肩を押された。

　よろけて柔らかなクッションの上に倒れる。

「いきなり何を……」

　するの、と聞こうとしたとき、顔の横に剣馬が手をつき覆いかぶさってきた。

　影がかかり、剣馬の顔がぐっと近づいてくる。

「俺はいま、お前のボディーガードじゃない」

「あ……」

「それがどういう意味かわかってるか?」

　反対の手で私の髪をすくう。

　そのまま、剣馬は私の髪に口づけた。

「いまお前は、ボディーガードでも何でもない、ただの男の家に上がりこんでるんだぞ」

　そう言った剣馬の声は、いつもよりぐっと低く、艶っぽく聞こえた。

　剣馬が変だ。

　私の心臓も、変。

　どうしてこんなにドキドキしてるんだろう。

　相手は剣馬なのに。

　口うるさくて、態度が悪くて、過保護で過干渉な剣馬なのに。

　剣馬の真っすぐな瞳に射抜かれて動けない。

　こんな状況おかしい。

　何言ってるのって笑わなきゃいけない気がするのに。

　ゆっくりと剣馬の顔が下りてくる。

　でも目線をそらすことすらできない。

　もうちょっとで唇が触れてしまう。

　動かなきゃ！

　そう思ったとき、突然部屋に陽気な曲が流れだした。

　私のスマホの着信音だ。

「で、電話……！」

　慌ててバッグを引き寄せると、剣馬はあっさり私の上から身体をどけた。

　ああ、びっくりした。

　まだ心臓がバクバクいっている。

　スマホが鳴らなかったら、あのままどうなってたんだろう。

　もしかして、本当にキスしてた……？

　まさか剣馬に限ってそれはない、と頭を振る。

　でもとりあえず電話がきて助かったなと、画面も見ずに

適当にタップした。

「もしもし？」

『仁葵ちゃん！』

　響いてきた声に、画面を確認しなかったことを後悔する。

　もう起きちゃったんだ。

『仁葵ちゃん、いまどこにいるの!?』

　焦った声の相手は、狼くんだった。

　具合が悪そうな様子はなくて、少しほっとする。

　剣馬がちらりとこっちを見た。

　私はそっと目をそらし、背筋を伸ばす。

「おはよう、狼くん」

『あ、うん。おはよう……って、そうじゃなくて！　この書置き何？　家出するってどういうこと？』

「そのままの意味だよ。しばらく帰らないから。探さなくていいし、心配しないで」

『心配するに決まってるだろ！』

　怒ったようなその声に、口をつぐむ。

　なんで狼くんが怒るの？

　怒ってるのは私のほうなのに。

　私が黙ると、少しの沈黙のあとに狼くんのうなるような声がした。

『あー……ごめん。俺のせいなんだよね？』

　狼くんはもう一度「ごめん」と謝り、記憶がないんだと言った。

『昨日どうやって帰ってきたのか覚えてないんだ。俺が何

かしたんだよね？　迷惑かけた？』

「……本当に、何も覚えてないの？」

『やっぱり何かしたんだね。教授と話してたのは覚えてるんだけど、途中でなんだか頭がクラクラしてきて、その後のことはほとんど……。水か何か飲まされた気がするんだけど、店だったのか家だったのかもわからないんだ』

「お酒は？　飲んだ？」

『いや。飲んだ記憶はないんだけど……自分がいま酒くさいのはわかる。ごめん』

　ごめんって、何に対して謝ってるんだろう。

　お酒を飲んじゃったこと？

　記憶がないこと？

　本当に自分が悪いって思ってる？

　私は、思ってない。

　狼くんが悪いんじゃないって、頭ではわかってる。

　わかってるから苦しいんだよ。

「昨日狼くんは、酔って意識がない状態で帰ってきたよ」

『どうやって……』

「コンシェルジュから連絡があって、ご友人に付き添われてるって。そしたら、色気たっぷりのお姉さんが狼くんを支えて現れた」

『それは、』

「横井さんていう人。わかる？」

『……教授のゼミにいる先輩、だったはず。でも全然やましいことは』

「胸元」

『えっ?』

　頭に、あの真っ赤なキスマークが浮かぶ。

　マーキングしてるみたいだった。

　私のものよって主張してるみたいで、すごく嫌だった。

　思い出すだけで嫌悪で鳥肌が立つくらい。

「自分の胸元。見てない?」

『胸元?　別に何も……うわっ!?』

　何だよこれ、と驚く声が聞こえてくる。

　やっぱり意識のないうちにつけられてたらしい。

『ごめん、仁葵ちゃん。でも本当に何もしてないから』

「意識がないのに、何もしてないってどうしてわかるの?」

『それは……』

「たぶんあの人、狼くんを家に送って、そのまま狼くんのこと襲おうって考えてたと思う。私がいるって知らなかったみたいで、すごく驚いてた」

『仁葵ちゃん……ごめん。嫌な思いさせちゃって』

　別に謝ってほしいわけじゃない。

　謝られたからってこの気持ちが収まるわけじゃないし。

　でも、じゃあ、私は狼くんにどうしてほしいんだろう?

　どうしたらこのモヤモヤむしゃくしゃした気持ちをなくせるんだろう?

「……不釣り合いね」

『え?　何?』

「横井さんて人に言われた。狼くんの婚約者だって私が名

乗ったら、不釣り合いねって』

『それはちがう！　そんなはずないだろ！』

　わかってた。

　狼くんならそう言ってくれるだろうって。

　でも、そうなのかもしれないと、自分で一瞬思ってしまったんだ。

　狼くんに私はふさわしくないのかもって。

　だから狼くんも、大学の人たちに私という婚約者と同棲してることを言わなかったんじゃないかって。

　そう、思ってしまった。

『仁葵ちゃん。とりあえず帰ってきて。ちゃんと顔を見て話したい』

「私は……いまは、顔を合わせたくない」

『仁葵ちゃん！』

「気持ちの整理ができるまで、しばらく離れてよう」

　そうじゃないと、お互い傷つくばかりな気がする。

　だから落ち着いて話せるようになるまで、距離を置いたほうがいい。

　でも狼くんの考えはちがったみたいで、怒ったように「何それ」と言った。

『気持ちの整理って何？　しばらくってどれくらい？』

「冷静になれるまでってことだよ」

『俺と別れるつもり？』

　聞いたことのないくらい冷めた声が聞こえて、言葉が出ない。

別れる？

そんなこと一瞬だって考えなかった。

許せないって思っても、狼くんを好きなことに変わりはなかったから。

でも、狼くんはちがったの……？

『だいたい、距離を置くって、その間どこにいる気？　いまどこにいるんだよ』

「それは……」

『わかってるんだよ！　……三船のところだろ』

責めるように言われてカチンときた。

「だったら何？」

『やっぱりね。君はこういうとき、実家でも友だちでもなく、三船を頼るんだ。でもだめだよ』

あいつのところだけはだめだ。

そう言われ、私は思わず剣馬を見た。

剣馬はずっと私を見ていたようで、目が合うと「どうした？」というように片眉を上げて、それから微笑んだ。

優しい、幼なじみの顔だった。

それなのに──。

『三船だけはだめだ。いますぐそこを出て。迎えに行く』

「何言ってるの？　いま距離を置こうって話して……」

『だから、あいつだけはだめだって言ってるだろ？』

「どうして……」

『信用できない』

信用できない？　剣馬が？

　その言い方には我慢ができなかった。

「剣馬のことを悪く言わないで！」

『別に悪く言ってるわけじゃない。ただ、あいつは——』

「剣馬は信用できるよ！　誠実だし、他人以上に自分に厳しいし！　それに……」

　それに、何よりも。

「酔って女の人に送ってもらうなんて迂闊なこと、剣馬はしない」

　電話の向こうで、狼くんが絶句するのがわかった。

　私の言葉に傷ついている空気が伝わってきた。

　でも、もう止められない。

「ましてや胸にキスマークなんて、剣馬は絶対につけられたりしないもん」

　言ってしまった。

　狼くんが反論できなくなるとわかっていたのに。

　沈黙に耐え切れなくなって、大きく深呼吸してから私は続けた。

「迎えに来たりしたら、本当に婚約破棄するから」

『……仁葵ちゃん。それは』

「だからしばらく距離を置こう」

　それだけ伝えると、返事を待たずに通話を切った。

　ため息をつきながら、膝に顔を埋める。

　言っちゃった。

　自分でもひどいことを言ったと思う。

　狼くん、どんな顔をしてたかな。

　傷ついたよね。

　ルポがいまごろなぐさめてるかな。

　私のこと、嫌いになっちゃったかな。

　泣きたい、と思っていると、ぽんと頭に手が置かれた。

「朝メシ食ったか？」

「……食べてない」

「何か作るか。何食いたい？」

　優しい声に、のろのろと顔を上げる。

　そこには困ったような、でもちょっぴり嬉しそうな剣馬の顔があった。

「……オムレツ食べたい」

「俺の料理の腕を知ってて言ってるのか？」

「ふふ。剣馬、料理はあんまり得意じゃないもんね」

　わりと何でもできるのに、料理だけは苦手なことは知っていた。

　でも、作ってくれるんだ。

　私が落ちこんでるからだよね。

「形が変でも美味しいんだからいいんだよ？」

「だったらスクランブルエッグでいいだろ」

「私はオムレツが食べたいの！」

　わがままを言うと、ぐしゃぐしゃと髪をかきまぜられる。

　でも剣馬はイヤだとは言わなかった。

　文句言うなよ、とキッチンに向かう背中に自然と笑顔になる。

　甘やかしてくれる幼なじみに感謝して、コロンとクッ

ションの上に転がる。

　スマホを握りしめ、ごめんねと誰にともなく謝りながら目を閉じた。

　夜になると剣馬は「朝になったら戻る」と言って出て行った。

　たぶん三船の実家に帰ったんだろう。

　剣馬の家なんだからいいのに、と言ったら怒られた。

　けじめはしっかりつけるべきなんだって。

　相変わらず頭が固い。

　でも久しぶりにゆっくり話せて私は満足していた。

　こんな風に、護衛とその対象としてじゃなく、ただの幼なじみとしてお喋りできたのは本当に久しぶりだったから。

　狼くんとのことはあまり話さなかった。

　主に学校の勉強や実習、課題がどれだけ過酷かについての話だったと思う。

　ほとんど愚痴に近かったけど、剣馬は最後まで流さずに聞いてくれた。

「お前は良くがんばってる」

　珍しくそんな風に褒められて、ちょっと泣けてしまった。

　剣馬がいなくなると急に寂しくなる。

　やることもないので、出ていた課題を進めようかと思ったけど、資料を読んでいても全然頭に入ってこない。

「あーあ。やめやめ！」

　結局すぐに投げ出して、ラグの上に寝転んだ。

　静かだなあ。

　ひとりで寝る夜なんて、いつぶりだろう。

「狼くん……どうしてるかな」

　狼くんも部屋でひとりでいるかな。

　私のこと、考えてるかな。

　それともおじいさんの仕事のお手伝いに行ってるのかな。

　あのあと、狼くんからは電話もメッセージも来ていない。

　きても返事はしないつもりでいたけど、来なかったら来なかったで面白くないなんて、勝手だなって自分でも思う。

　私に愛想がつきたり……なんて、してないよね？

　婚約の解消を……なんて、考えてないよね？

「もう、自分が嫌いになりそう……」

　どうしてこんなに心がぐちゃぐちゃになっちゃうんだろう。

　狼くんが好きなことに変わりはないのに。

　腹が立って、悔しくて、悲しくて。彼は悪くないのに許せない。

　それはどうして？

　狼くんは誠実な人だ。浮気なんてするはずない。

　彼に大切にされてる自覚はある。

「でも、なんだろう……なんていうか」

　うまく言えないけど、自信がない？

　いや、後ろめたい？

狼くんが悪いわけじゃない。

何もしてない私にも非はないはず。

なのにどうしてか、自分が悪いような気がしてる……の、かもしれない。

それを誤魔化したくて、狼くんを責めた？

「だとしたら私、最低なんじゃ……」

クッションをぎゅうぎゅうと抱きしめてうなる。

そもそも、どうして私が後ろめたくなるの？

何もしてないのにそれはおかしいよね。

このモヤモヤは気のせいなのかと思ったとき、インターフォンが鳴った。

剣馬が戻ってきた？

それとも――。

「狼くん……？」

狼くんだったらどうしよう。

迎えに来たら婚約破棄って言ったけど、もちろん本心なんかじゃない。

心の整理ができたら戻ろうと思ってた。

でも、まだ全然だめだ。

どんな顔して会えばいいんだろう。

もう一度鳴ったところで、まだ迷っていたけど立ち上がる。

おそるおそる見たモニターに映っていたのは――。

「え？　なんで……」

慌てて玄関に向かいドアを開ける。

　そこに立っていたのはふたり。

　心配そうな顔の寧々子ちゃんと、不機嫌顔の美鳥さんだった。

「ど、どうしたの。っていうか、どうしてここが──」

「あなた、頭に花でも咲いてるんじゃないの!?」

　開口一番、美鳥さんが私の頭に指を突きつけそう言った。

　思わず自分の頭に手をやってしまう。

　え……花？　咲いてる？

「まあまあ、美鳥さん。いきなりそんなことを言われても、仁葵ちゃんもびっくりしてしまいますよ」

「だって、信じられないでしょう!?」

「あの。中、入って？　近所迷惑になっちゃうし」

　そう言ってドアを大きく開けたけど、ふたりは顔を見合わせる。

「ですが、突然来てしまいましたし」

「そもそもここ、あなたの部屋じゃないんでしょ？」

「剣馬はいないから。好きにしていいって言ってたし」

「では玄関で失礼します。さすがに中には入れませんから」

「婚約者がいる身で、他の男性の部屋には入れないものね」

　美鳥さんの言い方には、あからさまに棘があった。

　婚約者がいる身で、剣馬の家に逃げた私への嫌味だとすぐにわかる。

　でも、剣馬だし。

　幼なじみでボディーガードだし。

　誰にともなくそう言い訳しながらふたりに入ってもら

い、ドアを閉める。

　剣馬の部屋の玄関はあまり広くないので、ふたりが立つともういっぱいだ。

「それで、ふたりがどうしてここに？」

「飛鳥井くんから連絡があったんです」

「狼くんから……？」

「仁葵ちゃんを保護してほしいって」

　保護って……私は安全な場所にいるのに？

　疑問が顔に出ていたのか、美鳥さんに「本当に鈍いわね」と言われてしまった。

「他の男の家に婚約者を置いておけるわけないでしょ」

「自分は仁葵ちゃんに拒絶されてしまったから、代わりに私たちに迎えに行ってほしいって。できればどちらかの家に泊まらせてあげてくれないかと頼まれたんです」

「狼くんが、そんなことを……」

「当たり前じゃない。何でケンカしたのか知らないけど、ケンカくらいで婚約者を放っておけるわけないわ。あなたみたいな無神経な人間じゃなければね」

　ご、傲慢の次は無神経……。

　なんだか美鳥さんの前だと、自分がものすごい悪女のように思えてくる。

「で、でも。知らない相手じゃないし。剣馬の家なんて、実家とそう変わらないっていうか」

「あきれた。それ本気で言ってるの？」

「だって……そうでしょ？」

「あのね。逆の場合ならあなたはどう思うわけ？」

　腕を組み、ふんぞり返る美鳥さん。

　その強い視線にたじたじになりながら考える。

　逆って、狼くんが家出したらってこと？

「ケンカして、狼が家を出ていって。その行き先が女の家だったら？」

「え……」

「狼の幼なじみといえば私よね。オスカーと付き合ってない、フリーの状態で私がひとり暮らしをしていたとする。そんな私の家に狼が避難したら？　しばらく泊まるなんて言いだしたら？」

「狼くんが、美鳥さんの家に……？」

「私はもう狼のことは好きじゃない。だから大丈夫。そう言ったとして、あなたは許せるの？」

　いまの美鳥さんはオスカーがいるけど、でも、フリーだったとしたら？

　手を出さないと言質をもらったとして──。

　それでも、たぶんムリ。

　いや、絶対にイヤだ。

「わかった？　大丈夫かどうかは問題じゃない。イヤなものはイヤってこと」

　理屈じゃないのよ。

　美鳥さんの言葉に、私は力なくうなだれた。

　本当にその通りだと思ったから。

「仁葵ちゃんは三船くんと、赤ん坊の頃から一緒だったの

ですから。男性、というよりは、きょうだいに近い感覚な
のでしょう。そういった配慮まで思いつかなくても、ある
意味仕方ないことかもしれませんね」
「甘いわ。血が繋がってるわけでもないのに、その言い訳
は通用しないわよ」
　なんとかフォローしてくれようとした寧々子ちゃんの意
見を、美鳥さんが即座に切り捨てる。
「それに、本気で仁葵さんがあの護衛をきょうだいだと思っ
てたとしても、自分の価値観を相手に押し付けるのは恋人
であってもアウトよ。この人にはちゃんと自覚させないと
だめ。そうじゃなきゃ、狼がかわいそうだわ」
　狼くんが、かわいそう。
　その言葉が、いままででいちばん深く私の心に突き刺
さった。
　美鳥さんの顔は真剣だ。
　そうだよね。
　もう狼くんに恋しているわけじゃなく、オスカーという
特別な相手ができてはいても。
　美鳥さんにとって狼くんは大切な幼なじみだ。
　私のことより、狼くんの幸せのほうが重要に決まってる。
　だめだな、私。
　私より、美鳥さんのほうが狼くんのことをよく考えてる。
「ごめんなさい……」
「私たちに謝られてもね」
「ううん。ふたりとも、恋人と予定があるって昨日言って

たよね。それなのに、私がバカなせいでごめんなさい」

「仁葵ちゃん。予定はずらせますから、気にしないでください。友だちじゃないですか」

「私は気にしてほしいけどね！」

　まるで反対なふたりに苦笑する。

　でもわざわざ来てくれた美鳥さんも、寧々子ちゃんと同じくらい優しいと思う。

「剣馬に連絡して、すぐここを出るよ」

「では、私の家にいらっしゃいますか？　それともホテルのお部屋をご用意します？」

「うちに来てもいいわよ。オスカーも心配してたし」

「ありがとう。……でも、今日は実家に帰ろうかな」

　ふたりに頼って甘えてばかりじゃいけない気がする。

　そう思って言うと、ふたりはまた顔を見合わせた。

「あの……飛鳥井くんと、何があったんです？」

「あなたたちがケンカするって、初めてなんじゃない？」

　言われてみれば、そうかもしれない。

　恋人になってからも、なる前も、狼くんとケンカどころか口論だってしたことがないことに気づいた。

　私はしょっちゅう剣馬と言い合いをしてるから、きっと狼くんが優しく私に合わせてくれていたからなんだろうな。

「実はね……」

　私はふたりに、昨日からの経緯を話した。

　狼くんが酔ってほぼ意識がない状態で帰ってきたこと。

そのとき色っぽい女の人が一緒だったこと。

狼くんが私のことを周囲に話していないかもしれないこと。

あからさまに嫌味をぶつけてきて、私がいなかったら狼くんをどうにかする気満々だったこと。

狼くんの胸に、べったりとキスマークがついていたこと。

狼くんはたぶん悪くないとわかっていたけど、どうしても許せないと思ったこと。

まだ心の整理がついていないことまで、隠さず打ち明けた。

「そんなことが……。仁葵ちゃんがモヤモヤするのもわかります」

寧々子ちゃんはそう言ってくれたけど、美鳥さんは信じられないといった顔で「何言ってるの?」と声を尖らせた。

「いまさらそんなことで動揺して、家出したわけ?　正気?」

「そんなことって……。私にとっては大事件だったよ」

ちょっと責めるような口調になってしまう。

それに美鳥さんはカチンときたようで、一歩私に詰め寄った。

「あのねぇ!　狼がバカみたいにモテるなんて、いまに始まったことじゃないでしょ!」

「え……?」

「むしろ最初からわかりきってたことじゃない!　日本に戻る前だって、私がいったいどれだけの数の女を蹴散らし

てきたと思ってるわけ？　それはもう、毎日が戦いだった
わ。学校でもパーティーでも、どこでも狼が女を魅了して
くるから、一瞬だって気が抜けなかったわよ」

　狼くんとの個人的な付き合いを画策していた、若い女教
師を解雇させたとか。

　複数で狼くんを監禁しようとしていた女たちを警察に突
き出したとか。

　金にものを言わせて狼くんを囲おうとしていた女社長
と、親の会社を巻きこんでのバトルとか。

　美鳥さんはそれは過激な武勇伝を次々と語った。

　あまりの内容に、私も寧々子ちゃんも言葉を失ったほど。

「わかる？　あなたはそういう相手と婚約しているの」

「ご、ごめん。ちょっとまだ理解が追いつかなくて……」

「私も……想像の遥か上の話でびっくりしています」

　日本でも、どこにいても女の人に囲まれて、ストーカー
までできてしまう狼くん。

　海外ではもっと平和に暮らせていたって前に話していた
けど、むしろ日本の生活のほうが平和だったんじゃ？

　そこまで考えて、ハッとした。

　思わず、目の前の美鳥さんの顔を見る。

　ちがう。

　海外のほうが平和だと狼くんが感じていたのは、美鳥さ
んがいたからだった。

　美鳥さんが、狼くんへの愛の力でもってライバルたちを
ことごとく排除していたから、狼くんは穏やかに暮らせて

たんだ。

「仁葵さん。あなた、狼と婚約して同棲もできて、油断してたんでしょう」

「油断……私が?」

「狼が自分のものになったから、もう大丈夫って気が緩んだんじゃないの? だから狼に変な虫がくっついたのよ。あのね。きれいでいい匂いの花が咲いてる限り、虫はいくらでも寄ってくるの。どこの家の花壇に咲いてる花だろうが関係なくね」

　その通りだ。

　狼くんがかっこいい完璧王子の狼くんである限り、横井さんのような人はこの先いくらでも現れるんだろう。

　昨日みたいなことも、きっとある。

「その虫から花を守るのは、あなたの役目でしょ」

「私の役目……」

「あなたは狼の婚約者でしょ? 恋人なんでしょう? 自分の男ひとり守れないでどうするのよ!」

　言葉で頬を殴られたような衝撃だった。

　狼くんへの想いだけで、彼を守り続けた美鳥さんの言葉だから、余計に響く。

　美鳥さんの言う通りだった。

　私、気が緩んでいたかもしれない。

　忙しさにかまけて、狼くんの彼女として、婚約者として、全然だめだった。

　自分のことばかりで、狼くんの生活に目を向けようとし

てなかった。

　婚約してるし、同棲してるし、彼は私を愛してるから大丈夫。

　頭のどこかで、そんな風に思っていたのかも。

　狼くんがくれる愛情の上にあぐらをかいていたことに、ようやく気が付いた。

　思いが通じ合って、婚約して、結婚したとしても、それでハッピーエンドというわけじゃないんだ。

　だってその先も、私たちの生活は続いていくんだから。

「……ありがとう。目が覚めた気分だよ」

　ふたりのおかげ、と私が笑うと、美鳥さんと寧々子ちゃんもほっとしたように笑ってくれた。

　私って本当に友だちに恵まれていると思う。

　心のモヤがすっと晴れていくのがわかった。

　そうなると、いますぐ狼くんに会いたくなってしまう。

「では、このあとはどうされますか？」

「狼のところに帰るの？」

「……ううん。その前に、やらなきゃいけないことがわかったから。やっぱり一度家に帰るよ」

　でも狼くんにはちゃんと謝るし、仲直りするから。

　私がそう言うとふたりも納得してくれて、がんばってとエールを残して帰っていった。

「よし。私も荷物まとめよ」

　剣馬に実家に行くと連絡する。

　少しの沈黙のあと「それがいいな」と剣馬も賛成してく

れた。

　声が少し、笑っていたかもしれない。

　剣馬が迎えに来る間に、狼くんにもメッセージを送った。

【実家に移動します。もうちょっとだけ、待っててくれる？】

　荷物をまとめていると、返事がすぐにあった。

　電話がかかってくるかと思っていたけど、狼くんもメッセージを送ってくれた。

【ありがとう】

　それだけ。

　そのたった五文字に、狼くんのいろいろな気持ちがこめられているのを感じた。

　申し訳なさとか、寂しさや、安心が。

「ありがとうって言わなきゃいけないのは、私のほう……」

　ごめんね。

　すぐにあなたの元に帰るから。

　もうちょっとだけ待っていてね。

　インターフォンが鳴る。

「はーい！　いま出る！」

　立ち上がり、重いボストンバッグを抱えて玄関に走った。

　もう迷わない。

　夜だけど、私の目の前の道は明るく見えた。

　運転手により、車の後部座席のドアが開かれる。

　剣馬の手を借り、ハイヒールを履いた足をゆっくりとア

スファルトに下ろした。

「ここが、狼くんが通ってる大学か……」

　正門から奥にそびえ立つ学者の銅像を見上げる。

　私立の中でも超難関大学を前に、怯みそうになった。

　あきらかに私、場違いなんだもん。

　周りの学生らしき人たちが、何事かとこちらを見ている。

「行くわよ、剣馬」

「はい。仁葵お嬢さま」

　お嬢さまらしく命令した私に、家来のように恭しく応える剣馬。

　でもその声はからかってるようにしか聞こえない。

　それでもいまの私に合わせてくれる剣馬に、文句を言う気にはなれなかった。

　腰から下が、ふんわり広がる白いワンピース。

　同じく白のつば広の帽子。

　髪は巻いて編みこんで、と早起きしてセットしてもらった帽子を邪魔しない上品なまとめ髪。

　美鳥さん直伝のザ・お嬢さまスタイルは、私にとって戦闘服だ。

　似合っているかどうかはこの際置いておく。

　絶対に負けられない戦いに挑むのに、見た目は大事。

　イメージはやっぱり美鳥さんだ。

　向かうところ敵なし、といった彼女のように、いまだけでも私は強い女になる。

　この時間なら、狼くんは大学についたばかりのはず。

　連絡しなくても、運が良ければすぐに見つけられるかなと思ったとき。

　いままさに大きな学舎に入ろうとしている彼を見つけた。

　でも、ひとりじゃない。

　無表情の狼くんを囲むように男女数人が一緒に歩いている。

　そして狼くんの隣りには、ぴったりとあの横井さんがくっついていた。

　何か一生懸命狼くんに話しかけているけど、狼くんは彼女を相手にしないように見える。

　それどころか振り切ろうと早歩きしてるみたいで少しほっとした。

「お嬢さま、どうします？」

　試すように剣馬に見られ、ムッとしながら胸を張った。

「行くに決まってるでしょ」

　ツカツカと早歩きで彼らに近づき、息を吸いこんだ。

「狼くん！」

　ぴたりと狼くんが足を止める。

　振り返り、私を見た瞬間、無表情だった顔が驚きに変わった。

「仁葵ちゃん……どうしてここに」

　私の後ろに控える剣馬をちらりと見て、狼くんが一瞬眉を寄せる。

　どういうつもりで私が来たのか、わからないからだろう。

「えっ。誰!?」

「あんな美人うちの大学にいた？」

「すご。お嬢さまっぽい」

「飛鳥井くんの彼女とか？　可愛いすぎ……」

　よし、戦闘服効果は抜群みたい。

　あんなのが狼くんの彼女？なんて思われちゃいけない。

　侮られたら、狼くんを狙う輩がどんどん増えてしまうから。

　私が武装して、見せかけだけでも強くなって、狼くんを守る防波堤になるんだ。

「あ〜！　誰かと思ったら、飛鳥井くんの妹さんじゃない！」

　そのとき、わざとらしく割って入った人がいた。

　不自然に狼くんに体を寄せた横井さんだ。

「あ、ちがったぁ。婚約者、だったっけ？」

「えっ。飛鳥井って婚約者いたの？」

「いいとこのお坊ちゃまっぽいもんねぇ」

「婚約者の人もお嬢さまっぽいし、納得」

　狼くんを囲んでいた人たちだけでなく、近くを歩いていた学生たちも立ち止まってこっちに注目している。

　やっぱり狼くんは、大学でも目立つ存在なんだ。

「お嬢さまっぽい〜？　着飾ってるだけでしょ。よく見ると飛鳥井くんの婚約者にしては、お嬢さまっていうよりお子さまじゃなあい？」

　今日も胸を強調する服を着た横井さんが、腕を組んで胸

の谷間を見せつけてくる。

　そんな彼女と、ひとりの男の人が「やめとけ」と止めた。

「何よ、邪魔しないで」

「マジやめとけ。飛鳥井の婚約者が誰か知らないのかよ」

「はあ？　っていうか、あんたは知ってたわけ？　飛鳥井
くんに婚約者がいるって」

「親の地位がある程度高いやつはみんな知ってるよ。つー
か、飛鳥井自身が自己紹介のとき言ってただろ」

「そんなの知らないし」

　ふたりのやりとりを聞いて、勘ちがいしていたことに気
がついた。

　狼くん、ちゃんと大学で婚約者がいることを話してたん
だ。

　たまたま横井さんが聞いてなかっただけで。

　それなのに私ったら、ひとりで拗ねて……本当に子ども
だな。

　でも、いまは後悔してるときじゃない。

「横井さん」

　狼くんに謝る前に、と私は彼女と正面から向き合った。

「何よ」

「先日は私の婚約者を家まで運んでくださって、ありがと
うございました」

　はい、ここでにっこり笑顔。

　私の婚約者、の部分を強調して言うと、横井さんの頬が
ひくりと引きつる。

「い、いーえ。わざわざ私にお礼を言いに来たんですかぁ？　婚約者の大学まで押しかけるなんて、束縛（そくばく）が激しいんですね〜」

「お礼？　まさか。今日は忠告に来たんです」

「は？　忠告……？」

　私は横井さんに一歩詰め寄り、耳打ちした。

「先週末、飲み会で狼くんの飲み物に何か入れましたね」

　横井さんの肩がビクッと跳ねる。

「な、何言ってんの？」

「さらに体調の悪くなった狼くんにお酒を飲ませた」

「いい加減にしてよ。そんな証拠どこに──」

「証拠も証言もありますが、公にされて困るのは誰でしょうね」

　控えていた剣馬が、わざとらしくファイルをちらつかせる。

　店員や他の参加者から集めたものだけど、中身は見せなくても想像がつくだろう。

　声をひそめたのに狼くんには聞こえたみたいで、唖然とした顔で横井さんを見ている。

　まさか先輩にそんなことをされていたなんて、普通は想像できないよね。

　横井さん本人は、私が離れると顔を強張らせていた。

「で、でたらめよ。私はそんなことしてない。だいたい、あんたみたいなガキひとりに何が調べられるっていうの？」

　私に詰め寄ろうとした横井さん。

　でも彼女の前に、狼くんと剣馬のふたりが同時に立ちふさがった。

「仁葵ちゃんがガキ？　世界一貴いレディーの間違いだろ？」

「無知な一般人はこれだから困る。仁葵お嬢さまは花岡グループ会長の唯一の孫娘で、将来グループを背負って立つ後継者だぞ」

　狼くんも剣馬も何言ってるのー!?

　いや、話を合わせてくれるのはありがたいんだけども！

　動揺を見せないよう笑顔をキープするのがつらい！

　世界一貴いレディーって……美鳥さんが聞いたら鼻で笑われそう。

　あとわたし、将来花岡グループを背負って立つ予定はまったくないし。

　おじいちゃんも私にそんな期待は微塵もしてないはずだ。

　ふたりとも演技が過剰すぎる。

　でも周りの人たちにはわからなかったみたいで、みんな「花岡グループ？」「本物のお嬢さまじゃん！」とざわついている。

　よし、もうこの勢いのままいこう！

「そういうことなので、誤解されるとお互いにとって良くありませんから、私の婚約者には近づかないでくださいね」

　もしまた何かあれば、どうなるかわかってるよね。

　私がにっこり笑うと、横井さんは顔を真っ赤にして歯ぎ
みした。

　はったりじゃないことが伝わったんだろう。

　そんな彼女にとどめを刺したのは、狼くんだった。

「大学ですれ違うことがあっても、二度と俺に話しかけな
いでくださいね」

　冷めきった顔でそう告げる狼くんに、横井さんは信じら
れないと目を見開いた。

　近くにいた横井さんの友人らしき女の人も、遠慮がちに
「飛鳥井くん言いすぎじゃ……？」と口を挟む。

「そ、そうよ！　なんで私がそこまで言われなきゃなんな
いの!?」

「自分の胸に手を当てて聞いてみたらいい。因果応報だろ。
訴えられないだけマシだと思いますけど」

　狼くんのその言葉に、横井さんはとうとう顔色を失くす。

　友人たちが「お前何したんだよ」と問いはじめると、彼
女は慌てて逃げるように去って行った。

　他の学生はただの野次馬になって、去って行く彼女をじ
ろじろ見て何か囁き合っている。

　公にしなくても、彼女はこれから噂になっていろいろ言
われるのかもしれない。

　でもこの光景を見て、かわいそうなんて思っちゃいけな
いんだよね。

　そうだ、彼女に同情するよりも、もっと大事なことがあ
る。

「仁葵ちゃん……」

　名前を呼ばれ、顔を上げる。

　そこには、横井さんに向けていた冷たい顔じゃなく、少し困ったような微笑みを浮かべる狼くんがいた。

　やっと……やっと言える。

「狼くん……ごめんなさい！」

「えっ。な、なんで仁葵ちゃんが謝るの」

「私がいけなかったの。勝手に怒って、勝手に出て行って、心配かけてごめんなさい」

　ちゃんと待てば良かった。

　狼くんが目を覚ますのを待って、彼から事情を聞いて、それで話し合えば良かった。

　自分のことばかり優先した結果がこれだもん。

　本当に大切にしたいものが何なのか、当たり前のようになった幸せの中で、見失ってしまっていたんだ。

「私ね、狼くんのことが大好きなの」

「仁葵ちゃん」

「モテすぎて困っちゃう狼くんのことは、これからは私が絶対に守るから。だから……許してくれる？」

　家に戻ってもいい？

　おそるおそる尋ねると、次の瞬間勢いよく抱きしめられた。

　ぎゅうぎゅうと強く、もう離さないと言わんばかりに。

「ろ、狼くん……？」

「許しを請うのは俺のほうだ。ごめん、仁葵ちゃん。君の

婚約者として、俺は隙だらけだった。あんなに特別な家に生まれたことを気にしていた君に、花岡家の力を使わせてしまった。本当にごめん」

「いいの、狼くん。そうじゃないの」

狼くんの腕をぽんぽんと叩く。

私の意図が伝わったようで、彼はゆっくりと顔を上げた。

「美鳥さんに教えてもらったの」

「美鳥に？」

「うん。大切な人は何をしてでも自分で守るべきって。お金と権力はこういうときにこそ使わなきゃね」

私がこぶしを握って力説すると、狼くんはきょとんとしたあと吹き出した。

おかしくてたまらないといった狼くんの笑う姿に、私以外の誰もが驚いている。

私にだけ笑顔たっぷりの激甘だけど、普段は塩対応の完璧王子だもんね。

「もうまいった！　仁葵ちゃんには敵わないな」

笑いながら言うと、狼くんはおもむろに地面にひざまずいた。

そしてうやうやしく私の手をとり、真摯な瞳を向けてくる。

「仁葵ちゃん」

「ろ、狼くん？　どうしたの？」

なんだかこの体勢って、ホテルの庭園でプロポーズしてくれたときみたい。

　周りもさっきまでとはちがう種類のざわめきを広げていく。

　どうしよう、と剣馬に助けを求めようとしたけど、すぐそばにいたはずが消えていた。

　かと思えば、離れた野次馬の中に姿を見つける。

　何でそんな自分は無関係です、みたいな顔して立ってるの!?

「仁葵ちゃん、どこ見てるの。俺を見て」

「で、でも。私たちすごく目立ってるよ」

「目立ってないと困る。だってこれから結婚宣言をするんだから」

「け……」

　結婚!?

　いや、いずれはするつもりでいたけども！

　でもそれはまだ先の話のはずで……。

「仁葵ちゃん。いますぐ、俺と結婚してください」

「い、いますぐって。そんな、困るよ。結婚は私が卒業してからって話だったでしょ？」

「うん。俺もそう思ってた。きっとそれがいいって。でも……何が困るの？」

「え……」

　何が、困る？

　それは当然、困るでしょ。

　まだ学生で、忙しくて、結婚生活なんてとても……とても……あれ？

とても、なんだろう？

学生結婚なんて絶対ムリだと思ってた。

卒業して、就職して、落ち着いてからじゃないとって。

でも、いったい何が困るんだろう？

そんなに大変な結婚生活ってなんだろう？

「俺たち、同棲してるよね。いまの生活ってそんなに大変？」

「……ううん」

「俺も大変だとは思ってない。だいたいのことはハウスキーパーがやってくれるし、細々した家事は分担してる。仁葵ちゃんが忙しいときは俺がやればいいし、いまもしてるつもり。逆のときだって、君は同じようにしてくれるだろ？」

その通りだ。

やれるときに、やれるほうがしたらいい。

実家にいるときよりは自分でやることは多少増えたけど、負担になるほどじゃなかった。

「結婚したからって、いまの生活で何か大きく変わることは？」

「……思いつかない」

「うん。両家の挨拶とか結婚式とか、そういったことは仁葵ちゃんが落ち着いたらしたらいい。それくらいは俺たちの家族もわかってくれる」

「ろ、狼くんはそれでいいの？　私の都合に全部合わせるみたいで、なんか……」

「それがいいんだ。それにこれは、俺のわがままでもある」

「狼くんのわがまま？」

　狼くんは、少し照れたようにはにかんでうなずいた。

「そう。俺はいますぐにでも君を俺のものにしたいし、俺を君のものにしてほしい。お互いがお互いのものだって、周りに見せつけたい」

　もう誰も、俺たちの仲を邪魔する気にもならないように。

　その狼くんの言葉に、ドキドキしないわけない。

　狼くんは私のものって、堂々と主張できるようになる。

　それは何よりも魅力的な誘惑だった。

「だからいますぐ、俺と結婚してください」

　私の手の甲にくちづけ、そう言った狼くん。

　夢見心地のまま、迷うことなくうなずいた。

「はい……喜んで」

　そう答えた途端、周囲から歓声と喝采が。

　いつの間にか私たちの周りには、大勢の人だかりができていた。

　こんなにたくさんの人に囲まれていたなんて、気づかなかった！

　でも恥ずかしいと思う間もなく、立ち上がった狼くんに高く抱き上げられた。

「きゃあ！　ろ、狼くん!?」

「あはは！　やった！」

　そのままくるくると、踊るように回りだす狼くん。

　珍しいその満面の笑顔に私は釘付けになる。

　こんなに幸せそうに笑ってくれるなんて。

　彼をこんな笑顔にできるのは、きっと世界で私だけなん

だ。

　そう実感したら、涙があふれた。

　狼くんは涙ぐむ私を降ろすと、手を引いて歩き出す。

　向かったのは、野次馬の中にまぎれていた剣馬の元。

　剣馬は少しあきれたように私たちを見ていた。

「よくやるよ」

「はは。褒め言葉として受け取っておくよ。……今回は、迷惑かけたな」

「仁葵に迷惑かけられるのには慣れてる」

「ひ、ひどい。そんなに迷惑かけてないもん……」

　ぐずぐず鼻を鳴らしていると、大きな手に乱暴に頭をなでられた。

　でもすぐに、温かいその手は離れていく。

「次にこういうことがあれば、もう返さないぞ」

「わかってる」

　ふたりは正面からしばらくじっと見つめ合い、やがて握手を交わした。

　言葉もなく一瞬で終わったけど、何だかとても貴重な場面に立ち会ったような気分になった。

　剣馬が「車を回してくる」と離れていく。

　その背を見送っていると、なぜだろう、切ない気持ちが胸に溢れた。

　これからも剣馬は私の護衛で、幼なじみで、それは変わらないはずなのに、どうしてかな……。

「仁葵ちゃん」

　呼ばれて、剣馬から狼くんへと視線を移す。

　狼くんも剣馬から、私に向き直った。

「これからは、一番に俺に頼ってね」

「え？　頼ってるけど……」

「いや。仁葵ちゃんは何かあるとまず、三船のことを頼ってただろ。俺よりも先にあいつの顔が浮かんでたはずだ」

　そうかな……そんなことないと思うけど。

　でも、困ったときは確かに剣馬に泣きつくことが多かったかもしれない。

　子どものときからそうだったから。

「でも、これからは一番に頼るのは三船じゃなくて俺だよ。だって俺は、君の夫なんだから」

「ま……まだ、結婚してないよ」

「うん。だから今日はこのまま役所に行こうか」

「……えっ」

「身分証は持ってるよね？　印鑑は……三船もさすがに用意はしてないか？　じゃあ一度家に寄ろうか」

　笑顔の狼くんに肩を抱かれ、そのまま歩き出す。

　これは、本気なの？

　本気でこのまま婚姻届を提出しに行くつもり？

　確かに、いますぐ結婚しようって言われて、こちらこそって答えたけど……本当にいますぐ？

「あ。でも結婚指輪ははやめにほしいよね」

「け、結婚指輪？」

「届けを出す前とあと、どっちがいいかな」

「指輪……」

「仁葵ちゃんはどっちがいい？　やっぱりおそろいの指輪をして婚姻届を出したい？」

　あまりの急展開に混乱しそうになったけど、ご機嫌な狼くんを見ていたら、なんだかすべてが良くなってしまった。

　狼くんがウキウキしてる。楽しそう。

　狼くんが幸せなら、私も幸せ。

「……指輪、見に行きたいな」

「じゃあ行こう！　学校は休んだの？　なら俺も。ゆっくり選ぼう。オーダーメイドもいいけど、それだと届けを出すのが遅くなっちゃうか」

「ふふ。どっちにしても、届けは今日出そうよ」

　狼くんに体を寄せて、肩に回された手に手を添える。

　彼の幸せそうな笑顔を見て、きっと私も同じような笑顔になってるんだろうなと思った。

「ただいま」

　ふたり揃った声に、顔を見合わせて笑う。

　玄関のロックがかかると同時に、どちらからともなくキスをした。

「ん……っ」

　キスはゆっくりと、段々深くなっていく。

　息が上がった頃、ようやく唇を離してまた笑った。

「ここ、玄関だよ」

「がっつきすぎてごめん。でもなんか……我慢できない」

　そう言うと、狼くんは私を抱き上げ早足で寝室へと向かった。

「ろ、狼くん！　靴が……」

「いい子だから、おとなしくしてね？」

　おでこにキスされ、口を閉じる。

　いい子だからって……なんか、えっちだ。

　いや、たぶんこのあとそういう感じになるんだろうけど。

　恥ずかしくて顔を隠しているうちに、寝室についてしまった。

　壊れ物を扱うようにそっとベッドに下ろされる。

　狼くんの手で、履いたままだったハイヒールが脱がされる。

　なんでだろう。服を脱がされるのと同じくらい、ううん、それ以上に恥ずかしい。

　狼くんが、足の甲に口づける。

　そのままチュッと足首、脛へとキスが移動してきて……。

　膝から内ももに来たとき、そのままぺろりと舐められて、全身が震えた。

「狼くん……っ」

「どうしたの、仁葵ちゃん」

「は、恥ずかしいよ」

「どうして？　俺はとっくに仁葵ちゃんの全部を知ってるのに」

「それは、そうだけど……あっ」

「ほら、全部見せて」

　見せてって言われると、余計見せにくい。

　そんなの狼くんもわかってるくせに。

　涙目で睨むと、愛おしげに微笑んでくるなんて……ずるい。

「怒らないで、仁葵ちゃん」

「怒ってないもん」

「ほんとに？」

「……ほんと」

　ぷいっと彼に背を向ける。

　服をはぎとられ、うつぶせで枕に顔を半分うずめると、左手に彼の手が重なった。

　そこには、今日ふたりで選んだばかりの銀色の輝きが。

　真新しい指輪の輝きに目が釘付けになる。

「俺たちが夫婦になって初めての夜だよ」

「……うん」

「新婚初夜なのに、顔を見せてくれないの」

「だって……すごくドキドキするんだよ」

　狼くんは笑って「俺も」と言いながら、私の肩甲骨の辺りにキスをした。

　彼の昂りが押し付けられる。

　その熱さと硬さに目眩がした。

「ろ、狼くん」

「仁葵ちゃん。ほら、力を抜いて？」

　耳に甘い囁きが流しこまれ、首筋を舐められ、食まれ、

力が抜けていく。

　気持ちいい……。

　そう思った瞬間、狼くんが私の中に押し入ってきた。

「んん……！」

「たまらないな……」

「狼くん……あっ」

「ごめん。今夜は自分を抑えられそうにない」

「狼くん、狼くんっ」

「仁葵ちゃん……愛してる」

　君は俺のものだ。

　独占欲を隠すことなくそう囁いた彼。

　私は交わりの激しさに翻弄されながらもうなずいた。

「狼くんも、私のもの、だから……！」

「仁葵ちゃんっ」

　好きだ、愛してる。

　それだけを繰り返し、その晩わたしたちは永遠にも感じる時間の中で愛し合った。

　世界でふたりだけになったかのように。

　誰よりも大切な人。もう離せない。

　狼くんの幸せは私が守るから。

　だからふたりで、幸せになろう。

「その健やかなるときも、病めるときも──」

　静かな教会に牧師の声が響く。

　ステンドグラスから射す色鮮やかな光が私たちを祝福しているようだった。

「——これを愛し、これを敬い、これを慰め、これを助け、その命ある限り真心を尽くすことを誓いますか？」

「誓います」

　定型文のような問答だけど、ありったけの心を込めて声にした。

　神様だけでなく、彼と、ここに来てくれた大事な人たちと、それから私自身に誓う。

　死がふたりを分かつまで、彼を愛し尽くしていくことを。

　薄く透けるベールがそっとめくられる。

　そこには、幸せそうに微笑む狼くんがいた。

　ホテルのウェディングスタッフたちが、私と狼くんの髪や服装を黙々と手直ししていく。

　その間ずっと、狼くんの私を褒める言葉のシャワーは止まらなかった。

「ああ。俺の奥さんはなんて可愛いんだろう」

「あ、ありがとう」

「可愛いだけじゃなく、息が止まるくらいきれいなんだ。真っ白なウェディングドレスがこんなにも似合う人が地球上に存在する？　しないよね」

「それはさすがに……」

「これはもう天使なんじゃ？　俺の花嫁は天使だったんだ

よ。通りで神々しく輝いてるはずだ」

「あのね、狼くん」

「それか女神?　美の女神アフロディーテも嫉妬するくらいきれいだしね。こんな美しい人が奥さんだなんて。俺は世界一幸運な男だと——」

「狼くんストーップ!」

　もうムリ!

　一向に止まる気配のない賛辞(さんじ)に耐えられなくなって、彼の口をふさいだ。

　止められた狼くんは目をぱちくりさせている。

「もうやめて狼くん。恥ずかしいから」

　顔から火が出そうだから。

　私のお願いに、スタッフたちがくすくす笑う。

　やっぱり聞かれてたよね。新郎の頭がお花畑だって思ってるよね。

　普段はこんな人じゃないんです。

　いや、私の前でだけはたまにこんな感じになるんだけど。

「だってしょうがないよ。仁葵ちゃんの花嫁姿が魅力的すぎるのがいけない」

　大真面目な顔で言ってる狼くんこそ、白いタキシード姿が最高に似合っていた。

　完璧王子のハッシュタグはいまこそつけるべきだと思う。

　まさに物語の中の王子様が、現実に飛び出してきたかのようなかっこよさ。

　私の旦那さまがこんなにかっこよくていいの？

　私こそ世界一幸運な女なんじゃないのかな。

「嬉しいけど、そういうのは心の中だけで思っててね」

「難しいな……」

　そう言いながら、じっと私を見つめてくる。

　いま心の中で私のことを褒めたたえてるんだろうな。

　バージンロードの上で、私はなんとも言えないくすぐったい気分を味わった。

　学生結婚をした私たち。

　式や披露宴は卒業後にするつもりだったけど、それに反対したのが両家の家長。

　おじいちゃんと、辰男さんだった。

　簡単でもいいから式を挙げなさいと言われ、急遽《きゅうきょ》近しい人だけを集めて行うことになったのだ。

　この大扉の向こうに、お互いの家族と共通の友人たちが待っている。

　これからホテルの庭園で簡易な立食パーティーをすることになっていた。

　美鳥さん、大丈夫かな。

　式で私がバージンロードを歩いているとき、美鳥さんが号泣しているのが見えたんだよね。

　オスカーと寧々子ちゃんがなだめてたけど、涙は止まったかな。

　そのとき「ナウン」と愛らしい声がした。

　振り返ると、スタッフの腕の中からこっちに身を乗り出

しているルポがいた。

「ルポ、おいで！」

　私が手を伸ばすと、すぐにジャンプするように移ってくる。

　今日はルポも、蝶ネクタイと襟のついた首輪をつけておめかししていた。

　もうそれが、たまらなく可愛くて！

「ルポ〜。さっきはとーってもおりこうだったよ！」

「さすがルポ。ありがとな」

　私と狼くんでいっぱい褒めると、どことなくご満悦な顔をするルポ。

　さっきの式で、ルポには結婚証明書に証人……いや、証猫として肉球を押してもらったのだ。

　狼くんの名前、私の名前、そしてルポの肉球。

　家族のサインがそろった証明書は私たちの宝物だ。

「ルポも一緒に行こうね」

「もうちょっと付き合ってくれよ」

　ルポの小さな頭を撫でて、扉側を向く。

　準備を終えた私たちの前で、大きな扉がゆっくりと開かれた。

「おめでとー！」

　外に出た瞬間、たくさんの花びらが宙を舞った。

　ゲストのみんなが、淡いピンクのフラワーシャワーで出迎えてくれたのだ。

　青空に鳩と風船が一斉に飛び立つ。

　夢みたいに鮮やかな光景の端で、おじいちゃんが泣いているのが見えた。

　隣りで辰男さんがなぐさめている。

　なんだかんだ、おじいちゃんがいちばん私たちの結婚を喜んでくれていたんじゃないかな。

　こうして今日、私たちの思い出のホテルで式を挙げられたのも、おじいちゃんの力で予約をねじこんでくれたからだし。

　お見合いを強要したり、くっついたあとは私と狼くんの邪魔をしたり、いろいろあったけど。

　いまはただ、不器用なおじいちゃんのことが大好き。

「仁葵ちゃん、素敵です～！」

「腹立つくらいきれいだわ！」

　頬を染めた寧々子ちゃんと、泣き腫らした目の美鳥さんが、花びらを撒きながら言ってくれる。

「今日のあなたは世界で２番目にきれいデス、仁葵。もちろん１番は美鳥ですが」

　さすがオスカー、ぶれないなあ。

　私の隣りで「いや、仁葵ちゃんが１番だろ」と反論する狼くんもだけど。

「みんな、ありがとう！」

　用意されていた絨毯（じゅうたん）を歩いていく。

　その先にいたのは、赤ちゃんの頃からずっとそばにいた幼なじみ。

　こんな日にも護衛のスーツを着てきた剣馬が、拍手で私

たちを迎えてくれた。

　いつものしかめっ面を解いて、笑顔を見せた剣馬。

「おめでとう。仁葵」

　言葉少なにそう祝福してくれた剣馬に、自然と涙が溢れた。

　寂しさと喜びが、同じだけ胸に押し寄せる。

　これからも、剣馬は私の護衛としてそばにいてくれるんだろう。

　でもきっと、それは前とは何かが決定的にちがう気がした。

　さよならじゃない。

　でももう、以前のような距離じゃない。

　絶対に埋まらない一歩が、私たちの間に生まれたように思う。

　それを選んだのは自分。

　だから私は、どんな努力をしてでも幸せになるよ。

「ありがとう、剣馬」

　穏やかな表情の剣馬と見つめ合っていると、横から伸びてきた腕にぐっと抱き寄せられた。

「ちょっと、狼く――！」

　少し怒ったような狼くんの顔が目の前に。

　次の瞬間には唇が重なっていた。

　誓いのキスとはちがう。あれよりももっと深いキス。

　みんなの前で何するのー！

「……おい。あんまり嫉妬深いと逃げられるぞ」

　剣馬のあきれた声に、やっと狼くんの唇が離れていく。

「余計なお世話だ。逃がさずしっかり囲っておくから、心配無用だよ」

「次があったら……」

「次なんてないね」

　白いタキシードの狼くんと、黒いスーツの剣馬がバチバチと火花を散らす。

　結婚式だっていうのに、このふたりは相変わらずだ。

　ちょっとは仲良くなれてきたんじゃないかと思ってたんだけどなあ。

「もう、ふたりとも私をのけ者にしないで！」

「ごめんごめん。仁葵ちゃんをのけ者になんてするわけないだろ」

「怒ると厚化粧が崩れるぞ」

「そ、そんなに厚化粧じゃないし！」

　どうして私がもっと怒りたくなるようなことを言うかな！

　プリプリする私に肩をすくめ、剣馬が離れていく。

　化粧、大丈夫だよね。崩れてないよね？

　剣馬が変なことを言うから心配になる。

　ぺたぺたと頬に触れて気にする私に、狼くんが笑った。

「あれは三船の冗談だよ。大丈夫。きれいだよ、仁葵ちゃん」

「……狼くんも素敵だよ」

　微笑み合って、絨毯の端に立つ。

　スタッフからトス用のブーケを渡され、集まったみんな

を見た。

　次に結婚式を挙げるのは誰かな。

　宣言通り、美鳥さんかな。

　それとも「私も早く結婚式を挙げたくなってしまいました」と言っていた寧々子ちゃんかな。

　結婚て、素敵だよ。

　とってもとっても幸せなことだよ。

　だからこのブーケにその幸せを少しおすそわけ。

　くるりとみんなに背を向ける。

　どうかブーケを受け取った人も、幸せな結婚ができますように。

「行くよ！」

　それ！っと高く花束を放り投げる。

　歓声が上がる。

　さあ、誰が受け止めてくれたかな。

　隣りにいる狼くんと自然と目が合う。

　みんながブーケに気をとられている隙に、私たちはもう一度幸せなキスをした。

END

あとがき

はじめましての方もいつも読んでくださる方も、この度は長いタイトルの話を手にとっていただきありがとうございます！　タイトルセンスゼロの夏木エルです。

なんとピンクレーベルで出させていただくのは5年ぶりとなりました今作、いかがでしたでしょうか？　がっつり書き下ろした番外編含め、楽しんでいただけたのなら嬉しいです。

お嬢さまと王子様の恋物語。そこに騎士が参戦するという三角……いや、もうひとりのお嬢さまを入れると四角関係ですね。

作者が当て馬好きなので、ついつい剣馬に力が入ってしまいました。番外編では美鳥も大活躍でしたね。今回は脇役が強く個性的で、書いていてとても楽しかったです。

作中で主人公の仁葵は思い通りにいかない現状を、自分の置かれた境遇のせいにして家出をしました。

祖父に怒り、剣馬に怒り、やってられるかと逃げ出した。

私は仁葵のようなお嬢さまではまったくないですが、似たような経験なら何度もしてきました。失敗したのはイレギュラーが重なったせいだ。上手くいかなかったのは忙しかったから。○○のせい、××のせい。

たしかに何かのせいでもあるかもしれない。でもそれで

終わらせていたら、何も変わらないんですよね。

　イレギュラーは想定できていたはず。次また不測の事態が起きても慌てずに済むように、対策を考えておこう。

　忙しかったのは自分の見通しが甘かったからでもある。もう少し余裕を持ってスケジュールを組もう。

　そうやって現状から目を背けずに、そこから何かを学んで一歩踏み出すことができれば、未来はきっといまよりも輝いているのではないでしょうか。

　他人を変えることは難しい。でも自分を変えることはできる。お見合いを中止することをやめ、お見合いをしてから断ることにした仁葵は、開き直って自分の考えを変えたことで恋を成就させ、祖父との関係も改善できました。

　物語のように簡単に結果が出ることは稀かもしれません。でももし、いま現状に嘆いていたり、イライラしていたり、やる気を失っている人がいたら、ちょっとだけ自分を変えて前を向いてみませんか。

　この物語を読んで、そんな前向きな気持ちになっていただけたら幸いです。

　この度も文庫化にあたりたくさんの方のお力添えをいただきました。ありがとうございます。

　いつも協力してくれる家族、そして楽しみにしてくださる読者の皆さまに心から感謝を。また別の物語でお会いできますように。

2021年2月25日　夏木エル

作・夏木エル（なつき　える）

北海道出身。紫陽花、ペンギンが好き。2006年『告白-synchronized love』で書籍化デビュー。その後、ジャンルを超えて続々と作品を発表。現在もケータイ小説「野いちご」で活動中。

絵・きみど莉央（きみど　りお）

Sho-Comi（小学館）で活躍する少女漫画家。近著にティーンに人気のネットドラマをコミカライズした『今日、好きになりました。』（小学館刊）などがある。

ファンレターのあて先

〒104-0031
東京都中央区京橋1-3-1
八重洲口大栄ビル7F

スターツ出版（株）書籍編集部 気付
夏木エル先生

KEITAI
SHOUSETSU
BUNKO
野いちご SINCE 2009

結婚がイヤで家出したら、
モテ男子と同居することになりました。

2021年2月25日　初版第1刷発行

著　者　夏木エル
　　　　©Elu Natsuki 2021

発行人　菊地修一

デザイン　カバー　ナルティス（稲見麗）
　　　　　フォーマット　黒門ビリー＆フラミンゴスタジオ

ＤＴＰ　久保田祐子

編　集　相川有希子　中澤夕美恵

発行所　スターツ出版株式会社
　　　　〒104-0031 東京都中央区京橋1-3-1　八重洲口大栄ビル7F
　　　　出版マーケティンググループ　TEL 03-6202-0386
　　　　（ご注文等に関するお問い合わせ）
　　　　https://starts-pub.jp/

印刷所　共同印刷株式会社
Printed in Japan

ISBN　978-4-8137-1048-6　C0193

ケータイ小説文庫　2021年3月発売